Sherlock Holmes

前言

英國作家柯南·道爾創作的福爾摩斯探案故事，一個多世紀以來一直風靡全球，成為現代偵探小說的經典之作，也成為後代偵探小說創作的典範。該作品已被譯成五十餘種文字，改編成兩百多部電影、電視劇集。這些膾炙人口、歷久彌新的作品滋養了一代又一代的偵探小說迷。

那個口銜菸斗、神態嚴肅、行動詭祕、神通廣大的偵探—夏洛克·福爾摩斯早已成為家喻戶曉的人物。人們幾乎忘了他只是個虛構形象，而把他視為真有其人的英雄，推崇備至。

小說中虛構的福爾摩斯住宅：倫敦貝克街二二一號Ｂ幢，已成為福爾摩斯偵探迷們朝聖的地方。如今已被改建成福爾摩斯博物館，每天都有絡繹不絕的人們前去參觀。至今該宅第仍會收到許多世界各地寄來的信件，信封上赫然寫著「福爾摩斯先生親收」的字樣。

柯南·道爾一生共創作了六十篇福爾摩斯探案故事。本書收入其中具有代表性的十個短篇，如《紅髮會》、《賴蓋特謎霧》、《雷神橋之謎》等，多家報章雜誌，如英國《觀察家報》、《貝克街期刊》等在讀者調查中評選出來的、

最受歡迎的幾個短篇佳作。

作者巧妙地設置了華生這個故事的記錄者和敘述者角色。在小說中，華生是福爾摩斯的助手兼發言人，掌握著種種第一手資料。

小說採用多種精采的敘述手法，各情節皆能自圓其說，論證嚴謹；小說中對驚險場面、緊張氣氛的描寫和烘托極為成功。

人物形象上，作為主角的福爾摩斯形象豐滿生動，集諸多身分於一體，是科學家、偵探、紳士、藝術家、英雄等，但並不是萬能的神。他如大多數人一樣乘坐馬車、火車出沒在倫敦各個地方；住在眾所皆知的旅館裡，閱讀《每日電訊報》和其他的報紙。他正義、寬容、仁慈，富有人情味；言談舉止不做作，富有幽默感。福爾摩斯的驕傲自負已經變成招牌的社交形象，但這並不有損於他的正面形象，反而使他顯得更飽滿真實。

不管是青少年、輕熟年甚至於中老年，不朽的經典佳作，一輩子總想要讀上幾遍。百年前的故事今日讀來依舊生動有趣，扣人心弦。閱讀本書，希望讀者能從福爾摩斯的思維方式中獲取啟迪，汲取智慧。

Contents

case 01

紅髮會

如果你是個有一頭純紅頭髮的倫敦籍成年男子，即可獲得這樣的一份工作：

每天上午十點到下午兩點，待在辦公室抄寫《大英百科全書》，無論抄多少，寸步不離辦公室即可，每週可得到四鎊的薪水。

這麼好的工作機會擺在眼前，假如不知道這背後暗藏的陰謀，怎能不讓人躍躍欲試呢？

去年深秋，我去看我的老朋友夏洛克·福爾摩斯。那時，他正在和一個老人談話。為了不妨礙他們，我想先退出來，但福爾摩斯卻讓我進到屋裡，給我介紹那位是威爾遜先生，我們點頭致意。

「威爾遜先生，這是我最親密的朋友和助手華生，他曾經協助我破獲過許多離奇的案子。」聽了福爾摩斯的話，那人朝我微笑，我也朝他微笑。

接著，福爾摩斯對我說：「親愛的華生，今天你將聽到一件非常離奇的案件，這個案子可能是你以前從沒聽過的，它的講述者就是這位威爾遜先生。」說完，他將頭轉向那人說：「威爾遜先生，您可以把事情從頭到尾講一遍嗎？我需要您講得仔細一些，這可能有助於我以及我的這位朋友給您提供解決問題的方案。」

面前這個人從口袋裡拿出一張又皺又破的報紙放在膝蓋上，我開始仔細地打量他。從外表上看，他是一個非常普通的英國商人，肥胖臃腫，動作遲緩，衣著不是非常整潔，除了一頭紅髮和面露凶相外，沒有什麼特別的地方。福爾摩斯看出了我在做什麼，微笑著朝我搖搖頭，示意我不要那麼做。

「這位先生做過一段時間的粗活，吸鼻菸，是共濟會會員，去過中國，近一段時間可能在搞創作。這是我目前能看出的所有東西。」

聽了福爾摩斯的話，威爾遜非常意外，連忙問道：「福爾摩斯先生，你真是太神奇了，你怎麼知道這麼多關於我的事？我確實做過粗活，是在船上做木匠，但關鍵是你怎麼知道的？」

「威爾遜先生，你的右手比左手大得多，人一般是用右手做工的，做得越多，那隻手的肌肉就發達許多，可能就會變大，你那隻手就是這樣。」

「那吸鼻菸和共濟會會員呢？」

「你忘了你衣服上戴了你們那個組織的別針嗎？」

「噢，我還真忘了這個。那你怎麼知道我最近在寫東西？」

「你右手袖子上差不多有五寸長的地方非常乾淨，而左手手腕經常靠在桌面的那個地方打了個補丁。」

「那你又是怎麼知道我去過中國的？」

「你右手腕上的魚刺青是在中國刺的。我對這種藝術做過研究，甚至還為此寫了點東西，這種藝術非常美妙，但只有中國才有。此外，我還看見你的錶鏈上掛著一枚中國錢幣，這不更能說明你去過中國嗎？」

威爾遜哈哈大笑起來說：「我說你怎麼這麼厲害呢，剛見面就能知道我做過什麼、去過哪兒，答案原來就在我身上啊。」

福爾摩斯也哈哈大笑起來說：「好了，威爾遜先生，咱們進入正題吧，那個廣告你找到了嗎？」

「嗯，找到了。」說著，他把報紙遞過來，「就在這裡，這就是整件事情的起因。先生，你們自己讀好了。」

我從他手裡拿過報紙唸道：「紅髮會。根據原住美國賓夕法尼亞州已故黎巴嫩人伊齊基亞·霍普金斯的遺志，現有一職缺，只要是紅髮會會員，男性，滿二十一歲，身體健康，智力健全者，均有資格申請，薪酬是每週四英鎊。應聘者請於週一上午十一點到艦隊街、教皇院七號紅髮會辦公室，找鄧肯·羅斯即可。」

我把廣告讀了兩遍後說：「這到底是什麼意思啊？」

福爾摩斯笑著對那位先生說：「好了，威爾遜先生，別賣關子了。你現在就把這個廣告和你的一切，以及這個廣告給你帶來的益處統統說出來吧。華生，你先把報紙的名稱和日期記一下。」

「這是一八九〇年四月二十七日的《紀事年報》，正好是兩個月以前的。」

「很好。威爾遜先生，你可以講了。」

「福爾摩斯先生，就像剛才我跟你講的一樣，我在市區的薩克斯科伯格廣

場做小買賣，生意不大，這些年我就靠它來維持生活。以前還能雇兩個人為我打理，後來就只能雇一個。現在這個要不是自願拿一半的工資，連他我也雇不起了。」

「那個年輕人叫什麼名字？」

「他叫文森特．斯波爾丁。其實他的年紀也不小了，至於他到底有多大我也不清楚。他這個人很精明，本可以賺比在我這更多的錢，生活得更好些，但他沒有這麼做。管他呢，既然他願意，我就不說什麼了。」

「噢，真的嗎？他是怎樣的人？像你手裡的廣告一樣不尋常嗎？」

「他有個毛病，就是特別愛照相，只要拿著相機，就要到處去照，什麼都不關心，照完後就像兔子一樣跑到地下室沖洗。除了這個毛病，總的來說他還不錯，是個好工人，沒有壞心眼。」

「他現在是不是還跟你在一起？」

「對。除他以外，我那裡還有個十四歲的小女孩，她幫我們做飯、打掃房子。我們有福一起享，有苦一起吃，日子一直過得很平靜，直到這個廣告出現。八週前的一天，斯波爾丁拿著這張報紙走進辦公室，對我說：『威爾遜先生，我真希望自己是紅髮會的一員啊。』我問他這是為什麼。他說現在紅髮會有了

個空缺，誰要是得到這個職位，就相當於發了一大筆財。」

「我對他說，你能說得再明白點嗎？福爾摩斯先生，我是個深居簡出的人，我的生意也不用出門做，所以對外界的消息知道得很少。斯波爾丁於是很驚訝地看著我說：『你從來沒聽說過紅髮會這件事嗎？』我跟他說從來沒有。他就感到有些莫名其妙，他說：『你就有資格申請這個職位啊。在這個職位上，一年可以得到兩百英鎊，就算你有其他的工作也不妨礙啊。』」

「聽了這個消息我很高興，近些年生意不好，現在又能不費吹灰之力得到兩百英鎊，對我來說確實是件好事。我就讓他把事情的整個情況跟我講一下。」

「他邊把廣告指給我看邊說：『就是這個，紅髮會現在有了空缺，廣告上有位址，可以到那裡辦理申請手續。據我瞭解，紅髮會的發起人是一個叫伊齊基亞．霍普金斯的人，他是個百萬富翁。這個人有點古怪，因為他自己的頭髮是紅色的，所以他就對所有紅頭髮的人抱有極強烈的好感。他死後人們才知道，他把巨額遺產交付給財產信託管理人處理，遺囑中說要用他遺產的利息給一個紅頭髮的男人找份舒服的工作。據我所知，待遇很高，做的事很少。』」

「我說：『但是會有數百萬的紅頭髮男人去申請啊。』」

「他回答說：『這個不用擔心，人沒有那麼多。他要求只限倫敦人，而且

必須是成年男子。因為這個百萬富翁是在倫敦發的財，現在他想給這個城市作點貢獻。我還聽說，如果你的頭髮是淺紅色或深紅色，不是真正鮮豔的火紅色，那也是沒有希望的。所以，威爾遜先生，如果你去申請的話，很可能會成功的。』」

「兩位先生，就像你們現在看到的一樣，我的頭髮是那種火紅的顏色，是鮮紅鮮紅的，如果我去競爭的話，希望應該是很大的。斯波爾丁對這件事比較瞭解，我就讓他和我一起去，當天我們就向廣告上說的那個地址出發了。」

「福爾摩斯先生，你無法想像當時的情景，我們去的時候，那地方已經擠滿了人。他們的頭髮什麼顏色都有：稻草的黃色、檸檬色、磚紅色、愛爾蘭長毛獵狗那種顏色、土黃色等，但是就像斯波爾丁說的那樣，真正火紅色的並不多。當我看到那麼多人在等著時，我真想回去。但是斯波爾丁怎麼也不答應，最後連拉帶拽地把我弄到那個辦公室裡。辦公室裡除了幾把木椅和一張辦公桌，沒有別的東西。辦公桌後面坐著一個頭髮顏色比我的還要紅的矮個子男人。每一個候選人走到他跟前時，他都要評頭論足幾句，總想在他們身上挑點毛病，從中我也知道，要想得到一個職位並不是想像中那麼容易。不過輪到我的時候，那個男人客氣了很多。我們走進去後，他就把門關上，和我們單獨在裡面聊。」

「我的夥計說：『這位是傑貝茲．威爾遜先生，他願意填補紅髮會的空缺。』那男人說：『他非常適合擔任這個職位，他符合我們的一切要求。在我的印象中，我還從沒看見過如此紅的頭髮。』說完，他退後一步，歪著腦袋，仔細看了看我的頭髮，直到把我看得不好意思了才停下來。接著他又用手緊緊地揪我的頭髮，使勁地揪，疼得我都喊了出來才放手。那個人向我解釋道：『請原諒我這麼做。我們之前曾經被戴假髮和染髮的人騙過，所以我們必須小心謹慎。但是你的應該是真的，我看到你的眼淚都出來了。』說完，他就向窗戶走去，然後朝下邊大喊道：『已經有人填補紅髮會空缺了。』窗外馬上傳來一陣失望的歎息聲，人們漸漸四散走開了。他們走後，除了我和那個人，就再也沒有見到一個紅頭髮的人了。」

「他說他叫鄧肯．羅斯，又問我結婚了沒。我跟他說沒有。聽了這話，他顯出不高興的表情說：『那就很遺憾了，我們設立這項基金是為了維護紅髮人的權益，讓他們生更多的紅髮人，只有這樣我們的組織才能更強大。如果你沒結婚，那就太不幸了。』那個人說完這話，我也感到很失望，我想：完了，職位沒希望了。但那個人想了想又說：『對別人可能不行，但你的頭髮太好了，我們可以特殊對待，你什麼時候能來上班？』」

「我跟他說我已經有一份工作了。斯波爾丁就接話說：『沒關係，我可以替你打理啊。』我就點點頭問那人是幾點上班。他告訴我是上午十點到下午兩點。福爾摩斯先生，我的生意是晚上比較忙，尤其是在週四、週五晚上，那正是發工資前兩天，所以在上午多賺一些錢對我來說比較划算。而且我知道斯波爾丁人也挺不錯，生意也就讓他打理了。」

「接著，我又問那人這份工作的內容是什麼，他告訴我就是在上班的時間必須待在辦公室裡或者那座樓裡，離開一步也不行，這是當時那人在遺囑上說的。我說沒問題，只有四個小時嘛，不會離開的。鄧肯．羅斯先生說：『不能以任何理由為藉口，不管是生病、有事還是其他的，都不行。你必須老老實實地待在那裡，否則就會失去你的工作。』我很爽快地答應了。接著我問具體的工作是做什麼，不能只是傻傻地待在辦公室裡吧。他告訴我是抄寫《大英百科全書》，要自備墨水、筆和吸墨紙，他們只提供桌子和椅子。他問我第二天能來上班嗎，我說沒問題，他就很高興地和我們握手道別了。」

「我整天都在想這件事。到晚上，我感覺到很不對勁，因為總感覺這件事有些不對，裡面好像有什麼陰謀，雖然猜不出它的目的是什麼，心裡還是覺得忐忑不安。但不管怎樣，我仍然決定第二天去看個究竟。於是我花一便士買了

一瓶墨水、一支羽毛筆、七張大頁書寫紙，然後動身去教皇院。出乎我的意料，一切都很順利，桌子已經擺好了。我從字母A開始抄，鄧肯・羅斯先生會不時進來看看我工作得怎麼樣。下午兩點鐘時工作結束，他稱讚我抄寫得不錯，然後我們彼此告別。我走出辦公室，他就把門鎖上。每天都是這樣，到了週六，他就付給我四個英鎊的金幣作為一週的酬勞。接下去的幾個星期都是這樣，我上午十點去上班，下午兩點下班。剛開始鄧肯・羅斯先生還過去幾次，後來就乾脆不去了。即使這樣，我也不敢離開辦公室一步，因為我不知道他什麼時候會過來。」

「就這樣，八個星期過去了。我抄寫了『男修道院院長』、『盔甲』、『建築學』和『雅典人』等詞條。我希望在我的努力下，不久就能抄寫以字母B開頭的詞條。我花了不少錢買大頁書寫紙，我抄寫的東西幾乎堆滿了一個書架。但事情卻在這時突然結束了。」

「突然結束了？」

「對，就是今天上午結束的。今天我照常十點去上班，但門是關著的，而且上了鎖。門的縫隙裡有張卡片，就是這張，你可以看看。」

他手裡的卡片上寫了一些字：紅髮會已經解散。一八九〇年十月九日。

我和福爾摩斯看了這張卡片，覺得有些好笑，就哈哈大笑起來。威爾遜則暴跳如雷：「笑什麼？我看不出有什麼可笑的地方。如果你們只會取笑我不幹正事，我就到別的地方去。」

「不，不，你誤會了，我們不是在取笑你，只是覺得這件事本身有點可笑。」福爾摩斯對威爾遜說：「我們接受你這個案子。我想知道的是，當你看到這張卡片的時候，你做了什麼？」

「我當時也不知道該怎麼辦好，就問周圍的人這到底是怎麼回事，他們也不知道。我就找到房東，房東是個會計，就住樓下。我問他紅髮會出了什麼事，他說他從來沒聽說過這個組織。然後我又問他鄧肯．羅斯這個人他知道嗎，他說這個名字很陌生。我就說是住在七號的那位先生。房東就說那人叫威廉．莫里斯，是個律師，只是暫時住在那裡，新房準備好就搬走了，是昨天搬的。我想我必須找到那個人，就問房東那人的最新地址，房東還真的告訴我了：愛德華王街十七號，聖保羅教堂附近。我馬上動身去了那裡，但是到那兒一看，那地方是個護膝製造廠，工廠裡的人都不知道叫威廉．莫里斯或者鄧肯．羅斯名字的人。」

「那你最後怎麼辦呢？」福爾摩斯問。

「後來我就回到家，我那個夥計勸我說要耐心等待，說不定過幾天就有消息了。但我怎麼能夠耐心等下去呢？我不甘心丟掉這樣一份好工作。最後實在沒有辦法，就來找您了，我聽別人說您可以幫助我。」

福爾摩斯說：「很高興你這麼看重我，這麼做是對的，我會盡全力幫助你。不過你的這個案子可能比表面上看起來要複雜得多，而且更加嚴重。」

威爾遜說：「已經夠嚴重的了！如果丟了這份工作，我每週就損失四英鎊啊。」

「其實你不應該抱怨啊，尤其不應抱怨這種不同尋常的組織。而且你並沒有吃虧，你已經賺了三十多英鎊，抄書還增長了不少知識呢。」

「是不吃虧。但是我要弄明白這到底是怎麼回事，那都是些什麼人，他們為什麼要作弄我？這樣做的代價可是不小的，三十二個英鎊呢。」

「這些我們都會盡力查清楚的。現在最關鍵的是你要先回答我兩個問題：第一，那個讓你看廣告的夥計在你那裡工作多久了？」

「時間不長，他是在這件事發生之前的一個月去我那裡的。」

「他是怎麼去你那裡的？」

「看廣告來應聘的。」

「只有他一個人來應聘嗎？」

「不，來了十幾個吧。」

「那你為什麼非要他呢？」

「因為他比較聰明，而且花費也不多，只要一半的工資啊。」

「這個文森特·斯波爾丁長什麼樣子？」

「個子不高，身體非常強壯，動作敏捷；年齡有三十多歲了，前額有一塊被硫酸燒傷的白色傷疤。」

聽了這些，福爾摩斯顯得非常興奮。

「這些我都想到了。他的兩隻耳朵上是不是穿了耳洞？」

「對，穿了。他跟我說，是小的時候一個吉普賽人給他穿的。」

「他現在還在你那裡嗎？」

「對，還在，我剛才就是從他那裡來的。」

「你不在的時候生意一直由他打理吧？」

「我對他沒什麼可抱怨的，上午本來就沒有多少生意。」

「好的，威爾遜先生，我會儘量在兩天之內給你我對這件事的判斷。今天是週六，我希望下週一我們就可以得出結論。」

◈

威爾遜和我們道別之後，就離開了這裡。福爾摩斯問我：「華生，你怎麼看這件事？」

「我一點也沒有頭緒，真的不知道是怎麼回事。」

福爾摩斯說：「一般來說，越是難破的案子，真相大白後，往往可以看出並不是那麼高深莫測。所以對待這件事，我們要抓緊時間處理。」

我問他：「那你打算怎麼辦？」

他說：「今天下午薩拉沙特在聖詹姆士會堂有演出。華生，怎麼樣，去看看嗎？」

我沒有什麼事，雖然不知道這麼做會對案子有什麼幫助，但還是答應和他一起去了。我們坐地鐵一直到奧爾德斯蓋特，再走一會，就到了薩克斯科伯格廣場，上午聽的那件事就發生在這裡。一間房子前有幾個大字：傑貝茲·威爾遜，我們的委託人就是在這裡做生意。福爾摩斯在那房子面前停了下來，細細打量著這所房子，然後敲響了房門。一個看上去很精明的年輕小夥子馬上開了門。

「不好意思，我想問一下，從這裡到斯特蘭德怎麼走？」福爾摩斯說。

「到第三個路口往右拐，到第四個路口往左拐就行了。」說完，小夥子馬上就關上了門。「他可真是個精明的人，在倫敦也是數一數二的。」福爾摩斯說。

「他肯定在這一事件中是個關鍵角色，我覺得你去問路，實際上是想看看他。」

「不是看他，是看他褲子膝蓋那個地方。」

「你看見了什麼？」

「我看到了我想看的東西。」

「你為什麼要敲打人行道？」

「華生，現在是留心觀察的時候，而不是談話的時候。我們已經知道一些薩克斯科伯格廣場的情況，再去廣場後面看看吧。」

當我們從那偏僻的薩克斯科伯格廣場拐過來的時候，在我們面前的道路呈現出一種截然不同的景象，那樣子就像一幅畫的正面和背面那樣截然不同。那是市區通向西北的一條交通大動脈，街道被一些做生意的人堵住，人行道也已經被行人們踩黑。當我們看著那一排華麗的商店和商業樓宇時，很難相信這些樓宇是和剛才那個廣場靠在一起的。

福爾摩斯站在一個拐角，順著那排房子看過去，說：「我很想記住這些房子的順序。這裡有一家叫莫蒂然的菸草店，那邊是賣報紙的小店，再過去是科伯格分行、素食餐館、麥克法蘭馬車製造廠。嗯，看樣子記住這些東西並不難。好了，醫生，我們的工作可以告一段落，該去放鬆放鬆了。欣賞演奏家的美妙旋律，會是一種很好的放鬆方式。」

坐在聖詹姆士會堂裡，福爾摩斯非常享受地欣賞正在演奏的音樂。一看到他這種狀態，我就知道，這個案子的罪魁禍首要倒楣了。當我們聽完音樂會走出來的時候，他說：「華生，想回家了吧？」

「也到該回家的時候了。」

「我現在還不行，我還要花幾個小時的時間處理點事情。發生在科伯格廣場的案件可是個大案子。」

「為什麼是大案子呢？」

「有人正在密謀策劃一起嚴重的犯罪事件，我有理由相信我們能及時制止

他們。我今晚需要你幫忙。」

「什麼時候？」

「十點鐘可以吧。」

「那我十點到貝克街。」

「好。不過這件事可能有點危險，你最好把你那把手槍帶在身上。」

說完這句話，他就消失在人群裡，不見了蹤影。

其實，我並不比福爾摩斯笨，但和他在一起，我總感到一種無形的壓力。就拿這件事來說吧，他聽到的我也都聽到了，他見到的我也見到了，但從他的談話中可以明顯地感覺到，他不但清楚地掌握了已經發生的事情，對即將發生的事也心知肚明。但是在我看來，這件事還混亂得很。

當我搭車回到肯辛頓的住處時，我又把事情的來龍去脈想了一遍，從抄寫《大英百科全書》的那個紅髮人的不尋常遭遇，到調查薩克斯科伯格廣場，再到福爾摩斯和我分手時說的不祥的預示，我還是想不明白這到底是怎麼回事。為什麼要在晚上行動？為什麼要帶上武器？我們準備去哪兒？幹什麼？從福爾摩斯的暗示得知，威爾遜的那個夥計是個極難對付的傢伙，他可能極其狡猾。我想儘量把這件事弄清楚，最後還是沒有成功。所以，一切都要等到晚上才能

見分曉了。

我九點一刻從家裡出發，快要到福爾摩斯的住處時，聽到有說話的聲音從福爾摩斯住的樓上傳來。走進去一看，他正在和兩個人談話。其中一個是警察局的偵探彼得·鐘斯，另一個男人我不認識，高高的個子，身穿一件非常考究的大衣。

看到我進來，福爾摩斯說：「好了，我們的人終於都到齊了。」說著，他又轉向我，「華生，蘇格蘭場的鐘斯先生你認識吧？給你介紹一位新朋友，這是梅里韋瑟先生，他也要參加今晚的冒險行動。」福爾摩斯指著那個陌生人說。我朝梅里韋瑟點頭，他也朝我微笑示意。

福爾摩斯接著說：「各位，今晚將進行一場驚心動魄的冒險行動，如果你們曾經在打牌的時候下過賭注，那麼今晚就再下一次吧，因為我們要抓一個非常難對付的人，他會是我們最大的收穫。那個人就是威爾遜店鋪的夥計，他的真名叫約翰·克萊。他殺人、搶劫、竊盜，雖然年紀輕輕，卻是這個犯罪集團的頭領。我曾經跟他打過一兩次交道，他行蹤詭祕，極難摸透。但是今晚我們就要抓到他，這是迫在眉睫的事情，勝利在等著我們，出發吧，夥計們。」

一路上，福爾摩斯很少講話，他只是靠在座位上，嘴裡哼著下午剛剛聽過

的樂曲。過了一會，他輕聲地說：「我們就快到那兒了。梅里韋瑟是一家銀行的董事長，他是因為對這個案子感興趣才加入的。鐘斯的加入是因為他的勇猛和頑強，一旦抓住罪犯，他就會咬住他不放。好了，到了，我們下車吧。」

我們到達上午去過的那條平時人潮湧動的馬路。在梅里韋瑟的帶領下，走過一條狹窄的通道，穿過旁邊的一道門。裡面有條小走廊，走廊盡頭是扇大鐵門。穿過鐵門之後還有一扇門，走過那扇門，出現在眼前的就是一個龐大的地下室，裡面堆滿了板條箱和各式各樣的大箱子。

福爾摩斯把燈舉起來往四周看了看。他說：「這個地下室要從上面進來的話還真不容易啊。」

梅里韋瑟用手杖敲了敲地板說「從下面也不容易啊。」敲完之後，他驚訝地說：「這下面好像是空的。」但他這個行為激怒了福爾摩斯，因為他不該發出聲響的。福爾摩斯有些生氣地說：「安靜點！安靜點！我們現在是在破案，你現在找個箱子坐上去，不要發出聲響，也不要打擾我們。」

梅里韋瑟只好在一個箱子上坐下，有些不快，也有些無奈。福爾摩斯跪在石板地上，用提燈和放大鏡仔細地觀察石板之間的縫隙。沒多久他就檢查完了，說：「起碼還要等一個小時，那些犯罪分子不會在店鋪老闆睡著之前行動的。」

一旦他們開始動手，就會分秒必爭。動作越快，逃跑的時間就越充足。」

說完，福爾摩斯看了我兩眼，我似乎有些明白是怎麼回事了。他就對我說：「華生，你可能已經猜到了，我們現在是在倫敦一家銀行市內分行的地下室裡，梅里韋瑟先生就是這家銀行的董事長，他一會兒會向你解釋，為什麼倫敦那些倡狂的犯罪分子對這個地下室那麼感興趣。」

梅里韋瑟聽完福爾摩斯的話，低聲對我說：「你面前的這些箱子不是空的，裡面全部裝著法國黃金。之前我們已經接到過幾次警示：可能有人在打這些黃金的主意。」

「這裡面是法國黃金？」

「對，幾個月前，我們向法蘭西銀行借了三萬法國金幣。但是因為平時太忙，無暇顧及它們，就先放在這裡。你面前的這些箱子裡都是，我坐的這個箱子裡也有大概兩千法國金幣，是用錫箔層層包裹起來的。因為它的數量特別巨大，一直放在這裡，這也讓銀行的董事放心不下。」

福爾摩斯說：「他們不放心是有道理的，我們現在要做的就是讓他們放心。來，先把這個燈用燈罩罩起來，然後我們再談一下今晚的行動計畫。」

「把燈罩起來？你的意思是我們一直在黑暗裡等？」

「我想應該是這樣的。那些人都是極難對付的傢伙，所以我們要事先準備好。我就站在這個箱子後邊，你們站在那些箱子後面。當我把燈光照向他們的時候，你們就馬上撲過去。如果他們有槍，華生，你就馬上把他們打倒。」

我把上了膛的手槍放在面前的箱子上，福爾摩斯手裡拿的是那盞被燈罩罩住的提燈。我們就這樣在一片漆黑中安靜地待著。我以前從來沒有在如此黑暗的地方待過，這次卻不得不這樣做。燈還亮著，只是現在看不到它的亮光，只等信號一到，就可以重新看到它的亮光。我們都屏住呼吸，一直耐心地等待著。

福爾摩斯小聲地說：「他們只有一條退路，就是退到屋子裡去，然後再退到薩克斯科伯格廣場。鐘斯，我之前交代你的，你去做了吧？」

「已經弄好了。前門那裡已經派了一個巡官和兩個警官守在那裡。」

「好了，現在已經把他們所有的退路堵死了，我們只要等在這裡就行了。」

時間過得很慢，或許在黑暗中等待就是這樣吧。我們後來看了一下錶，當時等了足足一個小時又十五分鐘，但那段時間讓我們每個人都感到異常艱難。我們不敢換位置，不敢有太大動作，所以累得手腳發麻，神經也緊張到了極點，但聽覺卻十分敏銳，每個人的呼吸都聽得非常清楚。就在極度困乏的時候，我看見石板那個方向忽然閃現出微弱的亮光。

最開始，石板地上只有一點點微弱的光，接著連成一條黃色的光束，地板上也突然出現了一條裂縫，一隻手從那裡伸了出來，開始到處摸索。大概一分鐘後，地板中間突然被弄開一個大大的缺口。一個孩子般的臉露了出來，機警地朝四周看了一下，發現沒有異常後，就馬上爬了上來，然後將一個紅頭髮的人拉了上來。他小聲地說：「一切順利。你把鑿子和袋子都帶來了嗎？噢，不好了！趕緊跳下去，快點！」

此時，福爾摩斯一躍而起，一把抓住那個人的領子，另一個人卻迅速跳回洞裡。但我聽到了衣服撕裂的聲音，是鐘斯抓住了那人的衣服。

「約翰．克萊，不要再頑抗了，你們跑不了的。」

對方冷冷地說：「哼，那又怎麼樣。不過我想我的夥伴會沒事的，雖然你們抓住了他的衣服。」

福爾摩斯說：「那邊的門口已經有人等著他了。」

「你們辦事確實很仔細啊。」

當我們把手銬銬在罪犯手腕上時，他仍趾高氣揚地說：「你們對我客氣點，不要用髒手碰我，我是皇族後裔，你們應該尊重我，得叫我『先生』。」

鐘斯大笑起來：「好吧，這位先生，請你走到臺階上來，我們會找輛車把

你送到警局的。」

約翰・克萊只好乖乖地走上來，被押赴警局。

看到這一切，梅里韋瑟先生說：「我真不知道該怎麼感謝你，這是我看過的最周密、最離奇的破案經歷。」

福爾摩斯說：「我自己就有些賬要和約翰・克萊算。我為這個案子花費了一些錢，我想銀行會給我補償的。除此以外，我得到的最高酬勞就是這次獨一無二的破案經歷。光是聽那個紅髮會的故事就已經讓人感到有些不可思議了。」

清晨，我們在貝克街喝威士忌的時候，福爾摩斯說：「醫生，這個案子從一開始就非常明顯，紅髮會的那個廣告和抄寫《大英百科全書》這兩件事有一個共同的目的：就是讓那個老闆每天離開他的店鋪幾個小時。每週四英鎊的報酬是引人上鉤的誘餌。對他們這些想把鉅款弄到手的人來說，這點錢算不了什麼。他們一個登了廣告，一個慫恿店鋪老闆去申請那個職位。從聽到那夥計只拿一半工資的時候，我就知道，這只拿一半工資的人肯定別有用心。」

「但你是怎麼看出他別有用心的呢？」

「我本來想，那店鋪如果有女人的話，他們可能是在搞一些下流的事，但根本不是那麼回事。店鋪老闆做的是小生意，裡面沒什麼值錢的東西，不值得

他們費那麼多心力。我想到那夥計喜歡照相，而且經常往來於地下室。我就知道，問題肯定出在地下室。他每天要花好幾個小時照相，然後到地下室。能做什麼呢？結論只有一個，他是在挖一個通向別處的隧道。」

「當我們察看作案地點時，我用手杖敲打人行道，你當時對此感到不解。其實我是想弄清楚地下室是朝前還是朝後延伸的。當解決了這個問題後，我就去敲門。我想見那個夥計，他果然就出來了。我想看他的膝蓋部位。剛剛說他們是在挖地道，如果真是這樣的話，膝蓋附近的褲子就會有不一樣的東西，當時看到的情形也證實了我的預料。之後我發現城市郊區的銀行和我們正在查看的房子是緊挨著的，我就知道問題基本解決了。最後，我拜訪了蘇格蘭場和這家銀行的董事長，結果如何，你已經知道了。」

「那你怎麼能確定他們一定會在當天晚上作案呢？」

「地道已經挖好了，只有儘快動手才對他們有利。星期六肯定比星期天合適，那時得手，可以有兩天的時間供他們逃跑。」

「你真是太棒了，每個環節都無懈可擊。」

福爾摩斯好像無所謂似的，即使剛剛破獲了一起大案。他說：「這就是生活，而我的生活就是盡可能地多做這樣的事情。」

case
02

銀色名駒

一匹即將參加賽馬錦標賽的銀色白額名駒在雨夜中被盜，馴馬師曝屍荒野，頭顱粉碎，右手緊握著一把形狀奇特的小刀，金雀花叢上掛著他的大衣，泥土中還有一根未燃盡的火柴梗。

據查，一個神祕訪客曾在深夜裡探訪馬廄，兇手是他還是另有其人？

這些天，英國各地沸沸揚揚地談論著一件案子，即韋塞克斯杯錦標賽中的名駒失蹤和馴馬師的慘死案。

遺失的是一匹銀色白額馬，牠是索莫密種，已經五歲了。在賽馬場上牠是羅斯上校的驕傲，每次牠都能贏得頭獎，素有「韋塞克斯杯錦標賽冠軍」的稱號。

當地人們押在牠身上的賭注是三比一，也就是贏了只拿對方的一份，而輸了卻要付給對方三份。即使是這樣，牠卻從來沒讓押在自己身上的賽馬愛好者失望過。金斯皮蘭的人都知道這匹馬很厲害，對牠採取了一切的保護措施。可是現在白額馬失蹤了，不能參加星期二的比賽，這似乎關係到很多人的利益。

慘死的馴馬師叫約翰．斯特雷克，他在羅斯上校那當了七年的馴馬師。在這之前，他在上校家做了五年的賽馬騎師，後來由於身體變胖改行做馴馬師。

斯特雷克一向誠實熱心，是個忠實的僕人。斯特雷克下面還有三個小馬倌，一人睡在不大的馬廄裡，其他兩個睡在草料棚裡，而馬廄裡一共就四匹馬。這三個人一向都忠實可靠。

斯特雷克雖然已經結婚，可是沒有孩子，家裡只有一個女僕，就住在離金斯皮蘭馬廄兩百碼附近的小別墅裡。

金斯皮蘭馬廄附近人煙稀少，北面有幾座別墅，卻在半英里之外，那是屬

於塔維斯托克鎮的，承包商將那裡作為病人的療養院，少數喜歡呼吸達特莫爾新鮮空氣的人也來住。西面是塔維斯托克鎮，離這二英里之遠。附近只有一個梅普里通馬廄，是巴克沃特勳爵的，由一個叫賽拉斯．布朗的人管理，少說也有二英里遠吧！因為周圍都是荒野，只有一些流浪的吉普賽人散居在那裡。

案件發生在週一晚上。

那天像往常一樣，馬匹訓練完刷洗過後，九點就鎖在馬廄裡了。兩個馬倌去斯特雷克家吃晚飯，內德．亨特留在馬廄裡看馬，九點多鐘，女僕伊蒂絲．巴克斯特到馬廄給亨特送飯，因為值班時不能喝飲料，而馬廄裡也有自來水。所以女僕只送來一盤咖哩羊肉。此時天已經很黑了，附近又是荒野小路，所以伊蒂絲提著一盞燈。

在後來的回憶中，女僕說她在還有三十碼就快要到馬廄時，被一個穿戴很講究的中年人叫住了，那人應該在四十歲以上，穿著一套灰色花呢衣服，頭上戴著呢帽，穿著綁腿的高筒靴子，手裡拿著圓頭手杖，看起來很重。最讓她難

忘的是，這個男人臉色慘白，可以看出他當時很緊張。他問伊蒂絲這裡是什麼地方，女僕便告訴他不遠就是金斯皮蘭馬廄。

「我真是好運啊！」這個男人突然驚叫道。「據我所知，每天晚上只有一個馬倌睡在這裡，只要你今晚能把這張紙條送給那個看守的小夥子，我就會給你能夠買一件漂亮衣服的錢作為報酬，你不會傻得拒絕吧？」說著，那個男人就從背心口袋裡拿出那張折疊好的紙。

伊蒂絲．巴克斯特當時很震驚，飛快地跑到馬廄旁，來到窗戶下，當時亨特已經把窗戶打開了，並且坐在小桌子旁，伊蒂絲剛要告訴亨特剛才的事情時，那個中年男人又出現了。女僕回憶說在這男人同亨特說話時，他手裡一直捏著一張小紙條，並且還露出一個角。

當亨特問他到這裡來有什麼事情時，他說：「你們的銀色白額馬和貝阿德要參加韋塞克斯杯錦標賽，只要你提供我有用的資訊，我會在你口袋裡放些東西的。有傳言說五弗隆距離賽馬中貝阿德要比銀色白額馬厲害，比牠遠遠跑了一百碼，知情的自己人都願意賭貝阿德贏，有這回事嗎？」

亨特一聽是個賽馬探子，十分氣憤，大喊道「找死的馬探子，讓你嘗嘗我們金斯皮蘭對付你這種人的厲害！」他將拴著的狗放了出來，女僕嚇得往家裡

跑，不過她仍好奇地回頭張望，她記得當時那個男人還往窗戶裡探身張望，過了一分鐘，當亨特領著獵狗出來時，那個男人早就走了，亨特牽著狗巡視了一圈馬廄，也沒有看到此人的蹤影。

亨特在那兩個同伴回來的時候，派人告訴斯特雷克剛才發生的事情，馴馬師得知消息後很是不安，他雖然不能明白這個人的目的是什麼，但肯定是凶多吉少。斯特雷克太太回憶說，斯特雷克半夜一點多起來穿衣服要出去，他說他擔心馬廄裡的馬，雖然自己百般央求丈夫留下，因為外面正下著雨，可是斯特雷克毅然披上雨衣出去了。

早上七點，斯特雷克太太醒來後發現斯特雷克還沒有回來，感覺事情不妙，於是趕緊穿上衣服叫上女僕去了馬廄。到了馬廄看到門開著，亨特縮在椅子上不省人事，馬匹失蹤了，馴馬師也不知去向。

主僕兩人立即來到草料棚叫醒了正在睡覺的兩個馬倌，由於倆人睡得很沉，根本就不知道昨天晚上發生了什麼，亨特一直都叫不醒，一定是被強烈的麻醉劑麻醉了，四個人只好不去管他，開始去找消失的名駒和失蹤的馴馬師，一開始他們以為馴馬師將馬拉出去晨練了，可是當他們登上山丘也沒有發現名駒的蹤影，倒是看到了令他們擔心的東西：斯特雷克的外套，於是他們推斷一定發

生了不妙的事情。

外套在金雀花叢上面，離馬廄四分之一英里遠。而在旁邊荒野凹陷的地方，人們發現了馴馬師的屍體。斯特雷克的頭部被很重的兇器敲得粉碎，屁股上有一道被利器劃傷的口子，很長、很整齊。他的右手握著一把小刀，刀把上有乾了的血塊，由此可知，他在死前肯定與兇手打鬥過。

斯特雷克的左手中有一條黑紅相間的絲領帶，被緊緊地握著。女僕和後來醒來的亨特都一致認為，這是那天晚上那男人身上的，亨特還說，一定是那個男人趁他不注意，從窗戶外給他的咖哩羊肉裡放了麻醉藥，於是他就昏睡過去了。馬駒在山谷上留下了足印，推斷在斯特雷克與兇手搏鬥時，馬也在。

名駒從週一早上不見之後，到現在一點消息也沒有，期間主人重金懸賞，周圍的吉普賽人也時刻留意馬的行蹤，都沒有音信。亨利的那盤羊肉經過化驗的確含有許多麻醉劑，吃同樣食物的斯特雷克家人都沒有被麻醉的現象。

這就是我所瞭解的案情，可是我的朋友福爾摩斯卻表現得很冷漠。他只是雙眉緊鎖，若有所思，總是點著菸在屋裡走來走去，對我的話語都不理會，即使是各地的報刊新聞，他也提不起興致，只是草草地看一眼。

我明白他是在思考問題，並且是關於名駒失蹤和馴馬師慘死案件的。

一天早晨，在我和福爾摩斯一起吃早飯的時候，他告訴我他要去特莫爾的金斯皮蘭。聽後我很平靜，看來我的同伴終於要有所行動了。他問我是否願意一同前去，我點頭同意。

「很高興你願意去，這個案件很有意思，你會覺得不虛此行的。我們現在走正好可以趕上火車，你帶上你的雙筒望遠鏡，在路上我再告訴你一些情況。」

當我們坐在開往埃克塞特的頭等車廂上時，福爾摩斯先是匆匆看了看當天的報紙，然後利用他那敏銳的觀察能力和計算能力，告訴我現在的車速是每小時五十三英里半。最後才跟我說起約翰．斯特雷克被害和銀色白額馬失蹤的事。

「這件案子很是奇特，與很多人有密切的利害關係，值得我們重視。現在我們不必去尋找新的證據，而需要查明哪些是真正的事實，除掉那些掩人耳目的虛構之詞。前天晚上馬的主人羅斯上校和警長葛列格里來找我，讓我協助他們破案。」

「可是今天都星期四了！」我忍不住驚叫起來。

「華生先生，我沒有你寫得那麼神，可能讓你和你的讀者失望了，我犯了一個錯誤，我原本以為這匹馬不會隱藏這麼久的，畢竟達特莫爾北部不是一個人口密集的地方。可是我錯了，直到昨天我沒有發現任何消息，除了捉住了菲茨羅伊．辛普森這個年輕人以外。所以我覺得我該行動了，但是你放心，時間沒有白白浪費。」

「你已經有了眉目？」

「可以這麼說，大致上的事實已經瞭解了，我現在就詳細講給你聽，這樣你也可以幫我分析分析。」

於是我做了一個後仰的姿勢，抽著雪茄菸，認真地聽他講，而福爾摩斯則向前傾了傾身子，將瘦長的右手食指放在左手掌心上指點著，詳細地講述這個案件。

案件跟我掌握得差不多。我只在他講到亨利牽狗出來的時候問了一個問題，「亨特出來時有沒有鎖上門啊？」

「你問得很好！華生！」福爾摩斯低聲應道。「當時我也意識到了這個重要的問題，可是我昨天發電報詢問時，他們告訴我亨特出來時鎖上了門，雖然開著窗戶，可是窗戶很小，根本鑽不進人去。」

我的同伴繼續講著。現在破案的負責人是葛列格里警長，他雖然很有能力，

可是缺乏想像力，這也正是他沒有得到升職的原因。出事後他很快就在附近的小別墅裡，找到了犯罪嫌疑人菲茨羅伊・辛普森並把他逮捕了，辛普森受過良好的教育，是個貴族，他酷愛賽馬，並因此耗費了自己的錢財，目前淪落到做倫敦體育俱樂部的馬匹預售員養家，在這次比賽中，他用五千鎊賭銀色白額馬失敗。

被捕的辛普森並不否認自己到過達特莫爾，可是僅僅是為了獲取賽馬的最新情報，打探金斯皮蘭名駒，和由賽拉斯・布朗看管的梅普里通第二名駒德斯巴勒的狀況，除此之外別無惡意。當他看到自己的領帶並得知在死者手中時，頓時嚇得臉色慘白，也解釋不清這是怎麼回事。

透過那潮濕的外套可以證明他週一晚上的確冒雨出門，手杖頂端帶有鉛頭，完全可以經由重複敲擊將馴馬師的頭敲得粉碎。唯一對他有利的證據是他身上沒有刀痕，而從死者手中的刀推斷，至少對他行兇的一個人身上會有傷痕。

福爾摩斯將案情詳細地講完後，問我能否提供一些建議，如果可以他會深

表感謝。我沉醉在福爾摩斯精湛的講述中，沒有發現什麼值得關注的情況，也看不出這些事情有什麼聯繫。我告訴福爾摩斯，會不會是死者由於大腦受傷自己拿刀誤傷了自己？

「很有可能！如果是這樣，對辛普森唯一有利的證據也蕩然無存了！」福爾摩斯說道。

「那麼員警到底怎麼看？」我問道。

「他們認為菲茨羅伊·辛普森先是將亨利麻醉，然後用已經準備好的鑰匙打開了關馬的馬廄門，由於馬轡頭不在，他只好將自己的領帶解下來圍在馬嘴上，就這樣牽走了馬，留下大開的馬廄門。半道上碰見或是被馴馬師追上，於是，發生了一場搏鬥。雖然馴馬師手裡有小刀，可是並沒有傷到辛普森，反而自己被辛普森用帶有鉛頭的手杖敲碎了頭。」

「事後，辛普森將馬藏在一個沒有人發現的地方，或者馬在他倆搏鬥的時候自己逃跑了。儘管警方的意見與我倆剛才的推斷相反，並且也不太可靠，可是這卻是現在最好的推斷，如果我不去事發之地調查明白，實在也不能得出更好的推斷。但我相信我們很快就會知道真相的。」

傍晚時分我們才到達塔維斯托克小鎮，這個酷似盾牌浮雕的小鎮位於遼闊

的達特莫爾原野的中心。接待我們的兩個人已經在車站等候了，一位是譽滿英國偵探界的葛列格里警長，他高大英俊，頭髮與鬍子捲曲著，藍色的眼睛炯炯有神；而另一位就是著名的羅斯上校，他酷愛體育，戴著單眼鏡，身材矮小俐落，穿著禮服大衣和綁腿的高筒靴子，絡腮鬍子也被修整得整齊俐落，給人機警乾淨的感覺。

「福爾摩斯先生，我很高興你來到這裡與我們一起破案，警長為我們盡力偵查，我也願意儘快查明兇手，為斯特雷克報仇，找回我的名駒。」上校一見面就說。

我的同伴問有沒有新的情況，回答卻說很少。警長讓我們先坐上外面的敞篷馬車，趁天黑前去現場看看，並且希望在路上能跟我們詳談。

◇

一分鐘後我們坐在了敞篷馬車上，在穿過古雅的德文郡古城時，警長滔滔不絕地給我們講他瞭解的情況，福爾摩斯靜靜地聽著，只是偶爾插一兩句。我很認真地聽著兩位名偵探的談話，羅斯上校卻向後依著靠背，手臂交叉抱在胸

前，用帽子擋住了眼睛。葛列格里警長講的跟剛才福爾摩斯在火車上猜想的如出一轍。他認為，菲茨羅伊．辛普森就是兇手，雖然證據還不夠將他定罪，可是他已經被法網圈住。福爾摩斯讓他解釋斯特雷克身上的刀傷，他認為可以歸為死者倒地時，自己不小心劃傷的。這和我們在來的路上做的推測是一樣的。

警長認為，雖然辛普森沒有刀痕，也沒有刀，可是現在的情況對他很不利，原因有如下幾點：第一，他很關注丟失的馬駒；第二，很可能是他毒害了亨利；第三，他那晚上的確出門了，並且有一個很重的手杖；第四，死者手裡有他的領帶。這些證據完全可以對辛普森提起訴訟。

可是福爾摩斯並不同意這種看法。如果辛普森為了殺害名駒，為什麼不在馬廄裡動手，而要將牠偷偷牽出來？並且他身上沒有發現打開馬廄門的鑰匙，是誰賣給他的麻醉劑也沒有調查清楚，況且辛普森是一個外地人，藏馬對他來說很困難，更何況是一匹名馬。他提醒警長不要輕易下結論，否則提起訴訟，有經驗的律師會故意刁難他的。

福爾摩斯問起辛普森手中的紙條。

「他解釋說就是一張十鎊的紙幣，我們也在他的錢包裡發現了。你剛才提出需要考慮的疑問不是什麼大問題。他雖是外地人，可是對這裡並不陌生，每個夏天都會來塔維斯托克鎮住兩次，他完全可以從倫敦帶來麻醉劑，至於鑰匙更好解釋，目的達到了完全可以扔掉。而那匹馬可能被藏在荒野裡的坑穴或廢舊礦坑裡。」

「那領帶他自己又是怎麼解釋的呢？」

「他承認領帶是他自己的，可是為什麼會在死者手裡他也解釋不清，只是說領帶丟了。但是我們發現了新證據能斷定是他將馬牽了出來。」

福爾摩斯此時很認真地聽著。

警長接著說，他們透過地上的腳印，知道週一晚上有一些吉普賽人來到案發地點一英里內的地方，週二他們就走了。由此猜想，辛普森可能給這些吉普賽人錢，讓他們將馬帶走，或許那匹馬現在還在吉普賽人那裡。

他還派人搜尋了吉普賽人，並且檢查了附近十英里以內的所有馬廄和房屋。特別是對附近的梅普里通馬廄進行了仔細檢查。這家馬廄有第二名駒，叫德斯巴勒。如果銀色白額馬不能參賽，會給梅普里通馬廄帶來利益。聽說這家的馴馬師賽拉斯·布朗在這次比賽中下了重本，而且他一向跟斯特雷克不和。

經過檢查，這裡卻沒有發現什麼異常。

「辛普森與梅普里通馬廄有什麼利益瓜葛嗎？」

「沒有。」

福爾摩斯不再說話，而是將身體靠在後座背上。

過了幾分鐘，我們來到了一座小別墅旁，不遠處經過馴馬場可以看見長長的一幢灰色瓦房。周圍是平坦的荒野，只有一些尖塔擋住了遠處的原野。再向西就是梅普里通馬廄。我們都下了車，可是福爾摩斯卻靠在座背上若有所思，於是我拍了拍他的胳膊，讓他下車。

剛下車，福爾摩斯便告訴羅斯上校，自己剛才在思考案情，所以沒有及時下車。從他眼睛裡放射的光，可以推斷我的同伴在壓制著自己的興奮。憑我對他的瞭解，我知道他又發現了新線索，可是我卻不知道那將是什麼情況。

葛列格里本想讓我們先去案發現場看看，可是我的同伴卻想先去斯特雷克家查明幾個細節。於是我們直接上了樓，屍體在樓上，要等到明天才能驗屍。

羅斯上校告訴我們，他十分欣賞斯特雷克，而且對方也為自己服務了許多年。福爾摩斯隨後向警長詢問，斯特雷克口袋裡都有什麼東西。

於是，警長領我們來到起居室，在前廳的一張桌子旁，他從方形錫盒裡拿出死者的東西給我們看。一個海豹皮菸袋，裡面還剩下半盎司切得長長的板菸絲，火柴一盒，兩英寸的蠟燭一根，歐石南根製成的ＡＤＰ牌菸斗一個，有金

錶鏈的銀懷錶一塊，一英鎊金幣五枚，鋁製鉛筆盒一個，幾張紙，此外還有一把象牙柄小刀，刀刃堅硬精緻，還刻著「倫敦韋斯公司」這幾個字。

這是一把很奇特的小刀，上面沾有血跡。福爾摩斯將小刀拿給我看，問我是不是很熟悉，我一看是一把醫生常有的眼翳刀。

「這麼精緻的刀應該是做精密手術用的吧？一個人在暴雨中拿著這樣的小刀，而不把它放到口袋裡，真是奇怪啊！」

「屍體旁邊還有這把小刀的軟木圓鞘，斯特雷克太太說這把小刀放在梳粧檯上，雖然不是什麼像樣的武器，可在當時卻是最好的武器了，於是他出門的時候帶上了它。」警長說道。

於是福爾摩斯仔細端詳起死者口袋中的幾張紙。一張是羅斯上校的指示信，三張是買草的收據，還有一張是買衣服的發票。這張發票是威廉．德比希爾先生的。斯特雷克和德比希爾先生是朋友，聽斯特雷克太太說，有時德比希爾先生的信件也會寄到她家裡。這發票顯示，德比希爾太太買了一件二十二幾尼的衣服，是邦德街萊蘇麗爾太太開的票。

「這件衣服可不便宜，看來德比希爾太太很闊綽啊！一件衣服竟然花了二十二幾尼。好了，這裡看完了，我們還是去案發現場看看吧！」

在我們走出起居室時，一個面色慘白憔悴的女人等在通道中，顯然她受到了驚嚇。她拉了一下警長的袖子，氣吁吁地問道：「他們捉到了嗎？他們捉到了嗎？」

「還沒，放心。福爾摩斯先生也來協助破案，很快我們就會捉到兇手的，斯特雷克太太。」

「斯特雷克太太，我們最近肯定在普利茅斯的公園見過面。」福爾摩斯說道。

「不可能！」

「我確定見過妳！當時妳穿著淡灰色鑲鴕鳥毛外套。」

「我沒有那樣的衣服！」這個女人答道。

看到女人一再否認，福爾摩斯便道歉說認錯了人。隨後，我們跟著警長來到案發現場，曾經掛著大衣的金雀花叢就在旁邊。

福爾摩斯說道：「據說那晚沒風。」

「是的，可是雨很大。」

「那就是說衣服是被人放在金雀花叢上的，這是一個值得留意的地方。還有從地上的足跡可以看出，很多人來過這裡。」

警長說他們曾在這放了草席，大家都站在席子上。福爾摩斯聽後很高興。

隨後警長還告訴我們他帶著斯特雷克穿的一隻長筒靴、菲茨羅伊・辛普森的一隻皮鞋和銀色白額馬的一塊蹄鐵，都在袋子裡。

「太好了！」福爾摩斯拿起袋子，然後就開始低頭仔細地檢查地面。突然他發現了一根燒了一半的蠟火柴，上面還裹著泥，乍看之下像一根小小的木棍。

「我竟然沒有發現！」警長懊惱地說。

福爾摩斯告訴警長，它在泥土中很難被發現，自己是故意找才找到的。警長聽後，感到很吃驚。

福爾摩斯接著從袋子裡拿出長筒靴，跟地上的鞋印作比較，最後又沿著坑道向羊齒草和金雀花叢中爬去。

警長告訴我們，周圍一百碼之內他已經檢查過了，沒有什麼多餘的痕跡。

於是，福爾摩斯起身說要到荒原上走一走，希望儘快熟悉這裡的地形。並且將馬蹄鐵裝在了自己的口袋裡。

羅斯上校看到福爾摩斯沒有什麼新的進展，有點急燥，於是看了看錶，希望跟警長先回去，商討是不是應將馬的名字在比賽中取消。

「不必！」福爾摩斯肯定地說，「我會在比賽之前找到的。」

上校不屑地點了點頭，告訴我們他要和警長先回去，在斯特雷克家等我們，然後再一起回塔維斯托克鎮。

我和福爾摩斯看出羅斯上校對我們很不友善，他很懷疑我同伴的破案能力。晚上回去，福爾摩斯便說想搭夜車返回倫敦。

警長聽後很吃驚，而上校卻漠不關心。

「也就是說你已經失去信心了？」上校問道。

福爾摩斯聳了聳肩說：「我可以保證你的馬能參加星期二的比賽。但是兇手查起來有難度。能給我一張約翰．斯特雷克的照片嗎？」

警長立即從信封裡找到，遞給了福爾摩斯。

「你總是事先就能準備好，警長！我現在要問女僕一個問題。」

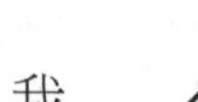

我的朋友剛剛離開，羅斯上校就不屑的說我同伴根本不配稱為名偵探，雖然我反駁說：「你的馬一定能參加比賽！」他卻不是很相信。這時福爾摩斯回來了。

「我們可以去塔維斯托克鎮了。」

來到馬車前，福爾摩斯問小馬倌是誰照料他們圍場的綿羊，有沒有發現什麼異常？小馬倌說是他照看，最近發現有三隻綿羊跛足了。

福爾摩斯聽後很滿意，他告訴葛列格里，這個情況值得注意。警長聽後很嚴肅，問除了這個還需要注意些什麼。

「出事那晚狗的反應！」

「可是那天晚上狗沒有異常啊！」警長疑問道。

「這正是異常的地方！」

四天後，我們來到溫徹斯特市觀看韋塞克斯杯錦標賽。羅斯高大的馬車在車站迎接我們。他本人卻是面色灰暗，異常冷漠。他告訴我們，他的馬仍然沒有音信。

「假如看到牠，你會認出來嗎？」

聽到我朋友的問話，羅斯很生氣，他說從來沒有人問這樣荒誕的問題，就連小孩子都能認出銀色白額馬。

福爾摩斯接著問了問賭注怎麼樣，「昨天還是十五比一，今天竟然成了三比一。」

「看來消息走漏了！」福爾摩斯笑道。

韋塞克斯錦標賽規定，賽馬的年齡在四、五歲左右，賽程是一英里五弗隆。參賽的馬要交五十鎊參賽費，第一名的獎金是一千鎊，外加一個金杯。第二名獎金三百鎊，第三名二百鎊。

這次參賽的一共有六匹馬。希恩·牛頓先生的尼格羅，紅帽棕黃衣騎師；沃德洛上校的帕吉利斯特，桃紅帽黑藍衣騎師；巴克沃特勳爵的德斯巴勒，黃帽黃衣騎師；羅斯上校的銀色白額馬，黑帽紅衣騎師；巴爾莫拉爾公爵的艾里斯，黃帽黃黑衣騎師；最後一個是辛格利福特勳爵的拉斯波爾，紫帽黑衣袖騎師。上校說自己將另一匹馬退出了比賽，只等著白額馬的出現。

這時賭客高喊：「銀色白額馬，五比四，德斯巴勒，五比十五！其餘賽馬五比四。」上校聽後著急地尋找自己的馬，仍舊沒有看到。

這時六匹馬都被編上號，出場了。上校仍然沒有看到銀色白額馬。

「那匹栗色馬就是你的。看！你的騎師還在馬背上呢。」

「那不是我的馬，牠連一根白毛都沒有，你搞什麼鬼？福爾摩斯。」

「還是看看牠跑得怎麼樣吧！」我的朋友拿著我的雙筒望遠鏡繼續觀看比賽。賽馬場景很壯觀，六匹馬不分上下。中途，梅普里通馬廄的黃帽騎師跑在前面，可是後來羅斯上校的名駒齊頭趕上，最終獲得第一。巴爾莫拉爾公爵的

艾里斯獲得第三名。

看到那匹馬取得了傲人的成績，上校開始承認那是自己的銀色白額馬。可是他仍然摸不著頭緒，為什麼自己的馬竟然變成了栗色。福爾摩斯便領著他去了賽馬圍欄，告訴上校，只要用酒精將馬面和馬腿洗淨，這匹栗色馬就會變回銀色白額馬。

上校聽後大吃一驚。

原來那晚，當荒野中只有我和福爾摩斯倆人時，太陽已經被梅普里通馬廄擋住了，只在平原上灑下點點金光。晚霞照在羊齒草和黑莓上，很是漂亮。可是我的朋友只顧沉思，沒有留意這美景。

「現在我們應該先找到馬的下落，華生。據我分析，馬是合群的，牠一定不會獨自在荒野中亂跑，一定是跑到金斯皮蘭馬廄，或者是梅普里通馬廄去了。吉普賽人不可能拐走馬，他們很怕跟員警糾纏，不會冒這個風險的。現在牠沒有在金斯皮蘭，那麼一定在梅普里通。」

於是，我們按照馬去梅普里通的設想尋找地上的馬蹄印。由於週一晚上下了暴雨，地上很容易留有印記。並且梅普里通地勢較低，是一個低窪地帶，馬一般會經過那裡。

果然不出所料，在我們走到那片低窪地帶還不到一分鐘，福爾摩斯便發現了清晰的馬蹄印。他取出口袋裡的馬蹄鐵，與地上的完全吻合。

「看來我們的設想是對的，葛列格里就是缺少這種想像的能力。我們接著找吧！」

不久，我們在梅普里通附近又發現了馬蹄印，並且還發現了一個男人的腳印。看來，有人發現了這匹馬。足印開始向金斯皮蘭方向轉去，於是我們跟隨著足跡向前走。走了一段時間，我發現同樣的足跡又折回原方向。於是我們又走了回來。不久我們來到了通往梅普里通馬廄大門的瀝青路上。

當我們走近馬廄，一個馬伕阻止了我們。

福爾摩斯一面說，他希望明早五點鐘來拜訪賽拉斯．布朗先生，一面把拇指和食指插到背心口袋裡，想從裡面拿出一塊半克朗的金幣。

「那時候應該可以，我家主人總是第一個起床。不過現在你就可以見到他。他來了，不要讓他看到我拿你的錢，等會再給我錢吧！如果你願意的話。」

於是，我的朋友便將錢放了回去。只見一個面目猙獰的老人揮著獵鞭走了出來。

「道森！快去幹活，不准和這些人閒聊。你們到這裡來幹什麼？」

福爾摩斯說要跟他聊聊，可被他厲聲拒絕了，說沒有時間跟遊手好閒的人閒聊。當福爾摩斯俯身和他低語了幾句後，他竟然面紅耳赤，暴跳如雷。

「你血口噴人！」

「要不我們去客廳談談？」

「好吧！」

福爾摩斯讓我在門外等他。

二十分鐘後，他們才出來。這時，賽拉斯·布朗像是變了一個人。面色慘白，滿頭是汗，手中的獵鞭不停地顫抖，像風中的細樹枝。剛才的傲慢無禮通通不見了，像一條溫順的狗，跟在我的朋友後面。

偷馬的果真是他。那天早上，他第一個起床，看到了那匹名不虛傳的銀色白額馬，剛開始，他想將馬送回金斯皮蘭，可是在途中突生邪念，想把馬藏到比賽結束。於是，他將馬牽了回來，偷偷藏在梅普里通。本來他想賴掉，可是福爾摩斯將那天早晨的事情說得一絲不差。他以為福爾摩斯看到了他的作案經過，其實是我的朋友根據他那與地上一樣的方頭鞋印推斷的。

現在他只想保全性命，表示會按我朋友說的去做。他保證馬一定會安全，並且可以參加比賽。

「這樣的人真是少見，一會兒還趾高氣揚，一會兒就奴氣十足。」福爾摩斯說道。

「原來馬真的在他這裡！不是說搜查過了嗎？」

「他將馬變了樣！」我的同伴笑著說。

「你真的相信他說的話？馬不會有什麼危險吧？」

「不會的！這關乎他的性命！」

聽完事情的經過，羅斯上校很是意外，他表示很敬佩我的朋友福爾摩斯先生，並且對自己先前的無理表示道歉。他懇求福爾摩斯接著幫助他查出殺害約翰·斯特雷克的兇手。

「其實殺害斯特雷克的兇手就是這匹馬！牠是出於自衛，所以殺害了約翰·斯特雷克，等我們看完比賽我再詳細地告訴你好嗎？」

那晚我們搭乘普爾門式客車返回倫敦，途中，我和羅斯上校認真地聽著我的朋友講述案件的經過。

福爾摩斯首先從咖哩羊肉找到了關鍵點。粉末的麻醉劑很容易被發現，並且有一定的氣味，這些正好需要咖哩來掩蓋。而菲茨羅伊·辛普森不可能將咖哩帶到馴馬人家中去，因此辛普森的嫌疑就被排除了。此外雖然很多證據對菲

茨羅伊・辛普森不利，可是卻沒有他殺人的確切證據。

接著，福爾摩斯開始注意斯特雷克夫婦，因為只有他倆才有選用咖哩做晚飯的自由。同時，他們也可以趁其他人不注意，將麻醉劑放到小馬倌的飯菜中。

此外，我的朋友又從狗的身上得到啟示，那晚，馬被牽走，狗卻沒有叫，這充分說明，牽馬的是狗很熟悉的人。因此牠沒有狂吠，吵醒睡著的其他兩個馬倌。雖然福爾摩斯已經確認就是約翰・斯特雷克牽走了馬，可是他不明白，為什麼斯特雷克要這樣做。顯然他是不懷好意的。這時我的朋友想起以前的案子，有時一些馴馬師會托別人將大量的錢賭自己的馬輸，從而故意弄傷自己的馬，讓牠們減慢速度。從自己的馬敗北中賺取錢財。

福爾摩斯推測，斯特雷克應該是出於此目的。接著，他覺得德比希爾的帳單出現在斯特雷克的口袋裡，很奇怪，這裡面一定有什麼蹊蹺。於是，他要了一張斯特雷克的照片，到德比希爾太太買衣服的地方，找到了店裡的老闆。老闆認出，照片裡的斯特雷克就是德比希爾先生。

原來斯特雷克過著重婚生活，在別處另有一個住宅，而且那個妻子是一個穿戴華麗的漂亮女人。這樣一來，斯特雷克的犯罪動機就找到了。正是這個揮霍錢財的女人讓他走向了死亡。

犯罪動機找到了，作案的方法也很簡單。死者手裡發現的手術刀就是線索。蠟燭、火柴等其他物品都是證據。任何一個正常人都不會將手術刀作為防範武器。斯特雷克是想用它來給馬做手術的。他想在馬的後踝骨腱子肉上從皮下劃一小道輕輕的傷痕，這樣既不會被發現，又可以讓馬敗北。

可是要做這樣的手術，必須將馬牽到荒野，否則馬的嘶叫會驚醒草料棚中睡覺的馬倌。於是他將馬牽到一個坑穴裡，在那裡，他點燃蠟燭，這樣人們也不容易發現。斯特雷克撿來辛普森丟失的領帶，或許是用來綁馬腿的。為了做好這麼精細的工作，斯特雷克將大衣脫在金雀花叢上。可是當蠟燭一亮，馬受到了驚嚇，出於本能便用鐵蹄子踢到了斯特雷克的額頭上。因此他倒下了，還不小心用小刀劃傷了自己的大腿。

當然，斯特雷克的確是一個詭計多端的傢伙，他以綿羊作為試驗，先在牠們的踝骨腱肉上做了這樣的手術，因此才會有三隻綿羊跛足。

福爾摩斯的破案能力令上校折服：「你講得彷彿你看到了一樣！」

「現在我們已經到了克拉彭站，不用十分鐘我們就到維多利亞車站了。上校，如果你願意，可以到我那裡去抽支菸，到時候我還會跟你講一些你很感興趣的細節。」

case 03

雨夜中，在一間既無暗道也無天窗，離地三十英尺的窗戶也上鎖的密室內，一份事關重大的海軍密約卻莫名失竊，現場沒有留下任何竊賊的蛛絲馬跡。保管人因焦急而病倒。

這一份薄薄的卷軸莫非真的「展」翅高飛了？

六月的下午，我剛剛送走一位病人，在起居室準備好茶點的妻子將一份報紙放在我的面前，她問：「華生，貝克街二二一號應該就是你之前的住處吧？」

「是的，我的朋友現在仍然住在那裡。」

妻子將報紙角落的一則啟事指給我看，上面寫道：「五月十五日，晚上九點十五分左右，在維多利亞街總政部門口及附近，有一位乘客從馬車上下來，如有當時正在場的知情者，請到貝克街二二一號說明有關情況，有重謝。」

從啟示上來看，福爾摩斯一定又遇到什麼棘手的案子了。我決定吃完下午茶就去看看我的朋友。正當我的馬車準備拐進貝克街，我發現了一個熟悉的背影正大步地往前走著，那正是夏洛克．福爾摩斯。我立即叫住了他。

「哦，我的朋友，你來得正好，我也正準備晚一點去找你……」福爾摩斯熱情地招呼道。

「中午一過我就嗅到了貝克街飄來的案件氣味，所以不得不來，我不想錯過任何一齣好戲！」

「想必是報紙上的啟示把你招來了，」我的朋友微笑著，他的洞察力無時無刻都是這麼犀利，「我們進來說吧，我剛剛去造訪了霍爾德赫斯特勳爵。」

「霍爾德赫斯特勳爵，那個在外交部的主管？」

「正是，之所以要去拜訪他，是因為我這一次的案子與他密切相關，確切地說，是與他的侄子密切相關。他的侄子好像和你就讀同一所中學，珀西．費爾普斯。」

珀西．費爾普斯！這是一個很久以來都不曾被我想起的名字了，雖然我們之間曾經有過可以說算作友誼的情感。關於他，我只記得那是一個瘦弱蒼白、膽怯懦弱的貴族青年，時常受到我們這些高年級學生的欺負。

畢業之後，我不曾見過他，只是從校友那裡聽說，這個聰明的傢伙拿到一等獎學金去牛津大學攻讀法律，日後又憑藉在外交部擔任要職的尊貴親戚而謀得了一份差事，但當時我並不清楚他的貴人就是霍爾德赫斯特勳爵。我趕忙打聽我的這位老朋友遇到了什麼麻煩事。但福爾摩斯並不急於說明，因為他馬上要去造訪警察局局長福布斯先生，他希望我能和他一起。

◈

警察局的辦公廳坐落在總政部附近不遠的一個街區，是政府部門比較集中的地方。雖然我和福爾摩斯之間會時常發生一些爭論，但對於政府部門建築風

格的俗不可耐，我們卻一致地表達出了厭惡之情。局長福布斯早已在會客廳等候我們，他賊眉鼠眼的外表倒是和整個警察局的庸俗氛圍相得益彰。他顯然並不歡迎我們，不耐煩的神情就像是無聲的逐客令。我的朋友不以為然，微微鞠了一躬，單刀直入地問：

「局長先生，想必你已經猜到我正是為可憐的珀西．費爾普斯先生而來，關於那份海軍密約的丟失，我相信您手下那些得力的警員們一定已經掌握了很多可貴的線索。」

局長顯得很不高興，他的眼神有點輕蔑，刻薄尖酸地回答道：「大偵探先生，我知道你善於從警方這裡打探消息，然後自己順藤摸瓜地去破案。我不想和你浪費時間，所以我可以很負責地告訴你，我們暫時沒有查到什麼有價值的線索。請你離開吧。」

「請再給我五分鐘的時間問您一些問題好嗎？問完我和我的朋友就會離開。」不等局長做出回答，福爾摩斯搶著問道：「我聽我的委託人說您在當晚就逮捕了看門人的妻子，對於你們的盤問她作何解釋？」

「我們問她，費爾普斯先生叫咖啡的時候，為什麼是她而不是她的丈夫上樓去應承，她回答說因為丈夫累了，她願意去代勞。」局長不想再和我的朋友

糾纏下去，他耐著性子儘量詳盡地回憶著，「至於為什麼那麼慌張、那麼焦急地快步離開總政部，她的答案是回家比平時晚了，所以要走得快一些。還有，為什麼一回到家就馬上去廚房，她說是因為錢藏在廚房，她要取錢去舊貨商那裡還債，她還債的錢是她丈夫年金的一部分。」

「您是否還採取了其他措施，例如跟蹤嫌疑人？」

「當然了，我派人跟蹤了看門人和他的妻子，還有先於費爾普斯先生離開的職員戈羅特，但一無所獲。」

我一頭霧水地望著福爾摩斯，什麼海軍密約，什麼看門人和看門人的妻子，還有職員戈羅特，我完全不知道他和警長局長在說些什麼。福爾摩斯不再發問，與局長道別後，離開了警察局的會客廳。福爾摩斯希望能夠和我共進晚餐。

「我的朋友，想必你一定感到很困惑，不要著急，晚飯後我會詳盡地說明一切的。」

◈

原來三天之前的一個早上，福爾摩斯接到了一個女人的求助信件，說是有

一件棘手的案子必須當面委託，希望他能夠親自前往位於布里爾布雷的珀西．費爾普斯家。福爾摩斯當晚就搭火車前往布里爾布雷。

「寫信的女人正是珀西．費爾普斯先生的未婚妻，安妮．哈里森，」福爾摩斯把玩著手中的紅酒杯，若有所思地說，「那是一個很幹練的女子，身材微胖，有著地中海式的飄逸黑髮與同樣烏黑動人的大眼睛。我見到她的時候，她的樣子憔悴極了，因為她必須要照顧臥床不起的未婚夫。」

「珀西．費爾普斯先生得了什麼病嗎？」

「是因為打擊過度，」福爾摩斯說，「我見到他的時候，他就躺在床上，面色蒼白，神情焦慮。據他的未婚妻說，幾天以來，安妮和她的哥哥約瑟夫．哈里森一刻不離地陪伴在床邊。你的校友雖然有氣無力，仍然很親熱地招呼了我，並斷斷續續地為我講述了他的遭遇。原來是一起竊盜案，珀西．費爾普斯先生丟失了很重要的東西，也毀掉了他的仕途。」

從晚飯結束一直到深夜，福爾摩斯詳細地向我講述了珀西．費爾普斯遇到的麻煩，事件的中心是一份海軍密約。

「一番寒暄之後，你的校友吃力地支起身子，緊握著未婚妻的手，顯然不想讓她離開。他悲傷地說：『我不想無謂地耗費您的時間，對於我的不幸我願

意全盤托出，我本是一個前程似錦的青年，但疏忽讓我自毀前程。』」

「他接著說：『我在總政部的外交部就職，因為我舅父霍爾德赫斯特勳爵的權勢，我馬上就要升職了，舅父很賞識我，總是讓我處理一些最為機要的事務，而且憑藉自己的才幹，我總是能夠出色地完成任務，這讓舅父更加信任我。大概幾個星期前的一天，他派人叫我去他的私人會客廳，我知道一定又有什麼新的任務。這次，他準備叫我去執行一項全新的、前所未有的機要事務。霍爾德赫斯特勳爵交給我一份標識著最高機密的公文，是英國和義大利簽訂的祕密協定，確切地說，是一份海軍密約。這份密約事關重大，法國和俄國的大使館為了自身的利益，派出了很多人專門來打探這份密約的內容。政府需要一份密約的副本，所以勳爵才會從保險櫃裡將公文取出交給信得過的我去抄寫。勳爵一再囑咐，在抄寫完成後，要把原本和副本一起鎖進自己辦公室的保險櫃裡，而且抄寫工作必須在其他職員下班之後進行，不能讓任何人偷看到。』」

「他頓了一下說：『我不敢違背舅父的指示，守著公文，小心翼翼地等待其他人離開。最後走的一個同事名叫查理斯·戈羅特，那天他也有一些公事必須完成。確定不會再有人來之後，我緊張地打開公文，但沒有立刻開始抄寫，由於好奇，我用很快的速度把協定讀完了。說實話，我是第一次執行如此重要

的任務，因為公文的內容涉及很多重要的機密。』」

「說到這裡，我的這位委託人頓了頓，意味深長地看了我一眼，好像在強調他所經手並丟失的文件的確相當重要，他因肺部不適咳了幾聲，他的未婚妻這時提出希望能夠休息片刻，但他平靜下來後立刻接著說，『詳細的內容我不便透露，請你原諒。我當時並沒有時間仔細揣摩協定的內容，我希望能夠快一點結束抄寫，因為我想和約瑟夫一起趕當晚十一點的火車。』」

「『我竭盡可能在保持準確、整飭的同時加快自己的抄寫速度，但到了九點鐘左右的時候不過抄了十一條協議而已，但整個檔案共有二十八項協議。我更焦急了，可是速度卻再也提不起來，整個腦袋好像也不聽使喚了，開始不斷打哈欠。於是我拉鈴召喚樓下值班的門房，他的職責之一就是替晚上加班的我們烹製咖啡。幾分鐘之後，讓我感到吃驚的是，一個很兇悍的老女人走了進來，她自我介紹說是看門人的老婆，就去幫我弄咖啡了。女人走後，我繼續抄寫，越來越睏，但咖啡遲遲沒有送過來，不知是怎麼回事，我想順便活動一下身子，便打開門下樓去了。』」

「『福爾摩斯先生，請您注意往下聽，因為我的不幸正是從我離開辦公室那一刻開始的，』我的委託人顯得有些激動，挺直了身子，用控訴而悲傷的語

調接著說，『我下了樓，發現看門人因勞累而蒙頭大睡，咖啡壺在一旁的小煤爐上嗞嗞冒煙，我趕緊走過去取下咖啡壺，關掉了爐子，就在這個時候，我還沒來得及叫醒門房，頭上的鈴聲突然響了起來，看門人立刻被驚醒，他揉著眼睛，對我的到來十分不解，我剛想解釋一下卻猛地想到剛才的鈴聲，因為我是樓上唯一在值班的人，不可能再有人拉鈴，我的心一下子涼了，一定有人潛入辦公室，並且拉響了鈴聲。我馬上往樓上衝去，走廊裡空空蕩蕩，辦公室裡也是空無一人，所有一切和剛才相比沒有任何的變化。我趕忙走到辦公桌前，發現桌上只有我抄寫的副本，那份事關重大的協定原件被人拿走了。』」

「案件的過程到這想必已經很清楚了，」福爾摩斯說，「我適時打斷了費爾普斯先生的講述，希望能再得知一些關於他辦公室環境的細節，我問：『費爾普斯先生，請說說你辦公室周邊的概況。』他回答得很詳細：『辦公室唯一出口的外面，是一條走廊，走廊裡的燈光十分昏暗。樓梯在走廊的盡頭，看門人的門房一下樓梯就能看到。下樓梯下到一半還有一個小平臺，另外有一條走道通到這個平臺，與整條樓梯構成了丁字形。』」

「『這條走道通向雜役專門使用的側門，當然，有時為了抄近路到查理斯街，我們這些職員也會走這個側門。我想應該已經講得很清楚了吧。我當時就

想，如果盜賊是從正門逃走，就一定會經過門房，那麼，我一定會撞見他，所以，他百分之百是從側門離開的。整棟房子只有這兩個出口。』他說到這裡的時候，我的興趣被整個案件深深吸引了，我問：『你剛才說過，走道裡的燈光很昏暗，那麼，難道盜賊沒有可能藏在走廊裡抑或是始終藏在你的辦公室裡？』他回答說：『沒有這種可能，辦公室的裡裡外外我都仔細地查看過了，而且沒有可以藏下一個人的空間在。』」

「剩下的情況就沒有那麼複雜了，根據費爾普斯先生的講述，他和門房馬上從側門追了出去，外面下著濛濛細雨，本來已經昏暗的夜色變得更加氤氳。在他們衝到街上的時候，不遠處的大本鐘響了三聲，正是九點十五分。查理斯街上只有一個巡夜的員警，費爾普斯先生報了警，從巡警那裡他得知到這段時間內街上只走過一個健壯的婦人，戴著帶斑點的頭巾，行色匆匆。看門人確認那是自己的妻子，我的委託人立刻就懷疑起那個老婦人，問了看門人的地址，執意要追過去，但看門人阻止了他，堅稱這件事情與自己的妻子無關，費爾普斯先生心存懷疑，覺得他正試圖引開自己的注意力。」

「他們又追到了另一條車水馬龍的主幹道上，那裡行人很多，都趕著回家，不會有人注意到從查理斯街走過來過什麼人。我的委託人沮喪極了，帶著一線

希望，他和員警、看門人重新返回總政部外事廳的大樓，裡裡外外仔細地查看了好幾遍，仍然一無所獲。其中一個細節十分重要，那就是走廊上的淺色地毯竟沒有一點腳印的痕跡，這很奇怪，因為從下午開始就始終下著小雨，從外面進來一定會留下些泥點的。」

「為了使整個案件的情況更加清楚，我又問了幾個問題：『罪犯有沒有可能經由窗子進到室內，另外，在你舅父交代抄寫任務的時候有沒有其他人在場，會不會有人偷聽到你們的談話？』他回答道：『辦公室的窗子離地面有一段距離，必須借助一些工具才爬的上去，但辦公室沒有物體被搬動的跡象，而且窗門從裡面鎖得密密實實的。我敢保證，他想進出辦公室只能走門。至於我舅父在交代任務時，我確定室內只有我們兩個人，而且舅父說話聲音很輕，不可能有其他人聽到我們的談話。』」

「『那麼，你接受重要任務的事情有沒有告訴過其他人？』我又問，他表示絕對沒有，我又請他詳細地講講員警的調查，他說：『在確定室內沒有一點線索後，我和員警都一致認為檔案一定在看門人的妻子那裡，我們立刻出發，想在那女人對檔案做進一步處理之前抓住她。我們租了馬車，很快就到了看門人居住的地方。為我們開門的是看門人的女兒，她說她的媽媽正在廚房。我們

見到看門人的妻子時，她臉上充滿了厭惡的神色，以為是催債的舊貨商來了，我們說明來意，她矢口否認，經過搜查也沒有發現那份檔案，廚房灶爐裡也沒有紙張燃燒過的痕跡。員警以嫌疑人的身分帶走了看門人的妻子……』」

「哦，華生，之後員警的調查情況，我們在下午也親耳聽到過了。這是一樁很複雜的竊盜案，有可能牽涉到外國的官方勢力。我很擔心你的校友，這件事情把他毀了，他被停職了，並且有可能以瀆職罪遭受審判，再也無法重返官場。因為承受不住巨大的打擊，費爾普斯先生一病不起。」

正當我們想進一步談論案情的時候，雜役送來一份信件，是費爾普斯先生的特急信，福爾摩斯連忙打開，小聲讀了出來：

「尊敬的福爾摩斯先生，不知您在倫敦的調查進展如何，我焦急地等待著您的消息，時刻希冀著您可以助我擺脫困境。你現在看到的這封信是今天近凌晨時分我的未婚妻代寫的，如果作為急件郵送，晚飯之後您應該就可以收到了。之所以這麼著急，是因為昨天夜裡我的生命遭受了威脅。福無雙至，禍不單行，我相信那份協定的丟失不僅毀掉了我的錦繡前程，還殃及我的性命。

昨晚準備就寢的時候，我勸離了辛苦照顧我一整天的約瑟夫小姐，因為我

覺得自己已經有所好轉，可以獨自一人度過整個晚上。正要入睡的時候，我聽見窗簾後面傳來了金屬摩擦的聲響，那聲音越來越響，我確定是有人在撬窗戶。正當我準備下床拉開窗簾的時候，我聽見窗門被打開的聲音。

有個人正試圖爬進窗子，他看見有人便立刻逃走了，因為天色陰暗，加上那人臉上蒙著黑布，我根本無法看清他的臉，但我清楚地看到他手上握著一把長刀，在月光下閃出陰森的光芒。我很想馬上追上去，但身子孱弱，只能大聲把全家人都叫醒。最先到來的是約瑟夫，接著安妮和其他人也趕來了。

約瑟夫和我的馬伕立刻追了出去，他們在院子外面的土路上發現了一小段腳印，到了草地就什麼痕跡都沒有了。他們告訴我，只有路邊的柵欄有一段被撞壞了，可能是那個謀殺者逃跑時弄斷的。

事情的經過已經向您全盤托出，我現在感到恐懼萬分，覺得自己被捲入了一個可怕的陰謀之中，如果您能夠儘快前來，幫助我分析一下昨晚發生的事情以及其他的一切，我將不勝感激。」

讀過了費爾普斯先生的信，我們都大驚失色，當即決定明天一早就搭最早的一班火車趕到委託人居住的地方。第二天，在火車上，我們始終在研究這個案件，福爾摩斯向我講了一些他的調查與分析，他自認為已經掌握了幾個有待進一步證實的線索。他說：

「如果從作案動機出發，這一案件的背後可能有法、俄兩國大使的插手，因為據說那份重要協定的具體內容雖然不曾洩露出去，但各國已經得知有這樣一份重要協定存在，利益攸關的各方都急於拿到它。當然，霍爾德赫斯特勳爵也有可能參與其中了。」

我表示很不理解，因為正是霍爾德赫斯特勳爵將任務委託給他的侄子。福爾摩斯微微一笑，解釋說：「我的朋友，不難想像一個政治家如果出於自身利益的需要，極有可能不擇手段地毀掉檔案，以自己侄子的前途為代價也是在所不惜的。所以我從委託人那裡回到倫敦之後的第二天，所做的第一件事情就是去拜訪德高望重的勳爵，他極有可能成為未來的總理。勳爵住在唐寧街，沒費很多周折我就見到了他。他彬彬有禮地接待了我，顯示出了與身分相符的禮節與氣度，說實話，我對他的第一印象非常好。」

「說明來意之後，我開門見山地問道：『請問，您就是在這間辦公室委派

費爾普斯先生抄寫文件的嗎？你們之間的對話有沒有可能被其他人偷聽到？』他說：『不可能發生這樣的事情，我可以擔保，我們之間的談話不會有第三個人聽到。此外，我也不曾和其他人說起過這件事情。』請注意，我的朋友，之前費爾普斯先生也說保證不會有第三個人知道委派的這項任務，我當時就推斷，整個案件極有可能是一個偶然事件，也就是說，有人正巧在費爾普斯下樓去取咖啡的時候進到房間裡，並在發現協議之後順手拿走了。如果按照這一推斷，懷疑的物件似乎可以確定了，但我暫時還不能下定論。」

「我當時繼續問道：『想必這份檔案的丟失會給政府帶來巨大的損失，現在距離檔案丟失已過去了一段時間，如果密約已經落入了法、俄兩國大使的手中，您能否探聽到一點風聲呢？』勳爵表示可以，但目前確實是一點消息都沒有，他也感到十分奇怪，似乎盜走檔案的人在等待某個最佳的時機似的。勳爵還提示了一個重要的資訊，過幾個星期，政府將正式公佈密約的內容，到時候被盜走的檔案如果還沒有被利益相關方掌握，它將變得沒有任何價值了。」

「與此同時，我還進行了其他一些調查，首先就是安妮和她哥哥約瑟夫的背景，」福爾摩斯說，「安妮是倫敦郊區一個收入中等的銀器商的女兒，在一次舞會上與費爾普斯先生一見鍾情，沒過多久便訂婚了，並搬到位於沃金的費

爾普斯家族的老宅子裡，她的哥哥也一起搬了過來，因為他覺得在沃金生活是十分享受的。接著，我又登了一則廣告，就是你在報紙上看到的了，盜賊可能是搭馬車到達總政部外事廳的，否則進來之後一定會在走廊上留下可以察覺的痕跡。」

「你的推斷聽起來很合理。」我說。

「但有一個關鍵的細節我百思不得其解，那就是鈴聲，盜賊究竟是出於什麼目的才拉鈴呢？真是令人感到費解，不可能是無意之舉，他沒有必要引起他人的注意，一定有其他的可能性。」福爾摩斯不再說話了，他望著窗外稍縱即逝的鄉村風景，表情嚴肅地陷入了沉思。

火車到達之後，我們換搭馬車，很快就到了費爾普斯居住的老宅裡。約瑟夫出來迎接了我們。在費爾普斯的臥室，我見到了我的老朋友和他的未婚妻，他打量了我半天，之後驚訝得說不出一個字。他認出了我，但之前並不清楚我和福爾摩斯之間的友誼。我則險些沒有認出他來，記憶中風華正茂的青年被焦慮折磨得異常憔悴。時間不容我和費爾普斯去懷念舊日的學生時光，因為大家都確知危險就在身邊。費爾普斯慘澹地笑了笑，說：「華生，沒有想到我以這個樣子和你再次見面，很感謝你們能來，福爾摩斯先生，我全部希望現在都寄

託在您身上了。」

「昨晚的情況已經很清楚了，我們會竭盡所能地幫助你的，請放心，」福爾摩斯說，「你現在的身體狀況允許你出去走走嗎？」

「我感覺比之前好了很多，整日待在室內對我的健康也只是有害無益，約瑟夫也和我們一起吧，去曬曬太陽。」

哈里森小姐表示也想一起去，卻被福爾摩斯勸阻了，他說：「我想請你留在這裡，這將對我們的調查有益。」我朋友的話顯然惹惱了這位美麗的女子，但她只是不高興地坐回椅子，沒有再說什麼，可能是因為福爾摩斯的語氣嚴肅得不容置疑。

來到院子中，順著費爾普斯窗下的小路向草地走，我們確實能夠看到有人踩過的痕跡。福爾摩斯對約瑟夫說：「聽說你在柵欄那邊發現了一些有趣的痕跡，能帶我們去瞧瞧嗎？」

「當然可以，這邊請。」

跟著約瑟夫，我們在一處柵欄上發現被人折斷的痕跡，但顯然是很陳舊的痕跡了，不可能像約瑟夫所說的那樣是前天晚上剛剛弄出來的。福爾摩斯表示看不出什麼線索，決定回臥室再做商議。他招呼我和他一起快走，我們率先進

到房子裡面，約瑟夫攙扶著費爾普斯被甩在了後面。在臥室裡，福爾摩斯語氣嚴肅地對哈里森小姐說：「如果想挽救你未婚夫的前程與性命，從現在開始請你聽從我的安排。今天一整天到睡覺前，你必須始終守在這個臥室裡不能離開，不論發生了什麼事情都不要離開。」

哈里森小姐被嚇壞了，瞪圓了眼睛，用力地點頭，我的朋友繼續說：「睡覺的時候你再離開，然後從外面鎖上房門，保管好鑰匙。不要擔心費爾普斯先生，他今晚需要和我們一起去倫敦，時間緊迫，來不及解釋了，請答應我。」

哈里森小姐表示答應，就在這個時候，約瑟夫和他未來的妹夫走了進來。我們的委託人詢問下一步的計畫，福爾摩斯說：「假如你可以和我們一同前往倫敦進行調查，我覺得事情的進展會快一些，我已經有頭緒了。不要擔心，華生就是醫生，他可以照顧你的身體，我們馬上就走。」

聽說自己能夠幫上忙，費爾普斯感到十分高興，他的精神一下子提了起來，問道：「今晚需要住在倫敦嗎？」

「是的，約瑟夫就不用一同前往了，華生完全可以照料你，今晚就住他家。」

用過午餐之後，我們三個人沒有片刻停留，立刻趕往車站，可是就當我們準備上車的時候，福爾摩斯卻表示他今晚不準備離開沃金了，他說：「有幾件

事情我必須要先弄清楚，你們先走，今晚我可能不會回倫敦了，但我保證明天早晨我會搭火車回去和你們共進早餐的。兩個老同學見面，一定有很多話要聊，明天見了！」說著，福爾摩斯一個轉身，消失在月臺上的人群之中。

回倫敦的路上，我和費爾普斯完全沒有情緒敘舊，我們的心思都被案件本身和福爾摩斯的新決定左右了。我們各自都想出了很多種可能，但始終沒有得出令人滿意的答案，只能決定等福爾摩斯第二天回到倫敦再說了。

第二天醒來的時候，不到七點半，我到了費爾普斯的房間，他一定是整夜都在輾轉反側，面容憔悴極了。見我進來，他立刻問福爾摩斯是否回來了。

「放心吧，既然已經答應了，」我安慰道，「那他一定會按時回來的。」

果然，剛過八點，我就聽見窗外傳來了馬車聲，我迎了出去，發現我的朋友已經下了馬車，面色蒼白，嚴肅異常，他的手上纏著紗布，顯然受傷了。福爾摩斯的樣子疲倦極了。他沒有立刻招呼我們，坐在沙發上，大口喝光了桌上的早茶。

費爾普斯也聽到了聲響，他走出臥室，眼神中滿懷希望，但當他看到福爾摩斯手上的紗布時，一絲陰翳立刻從他的眼裡閃過。我問道：「你手上的傷是怎麼回事，嚴重嗎？」

他一面問候費爾普斯先生，一面回答說：「不過是擦傷罷了，只怪我的身手不如從前了。費爾普斯先生，和以前我經手的案子相比，你的案件真的過於複雜了。如果可以的話，我想我們還是先吃早餐吧，我會和你們講我昨晚的經歷的。對了，華生，我登的那則廣告有人回應嗎？」

「暫時還沒有。」

「哦，是這樣，看來沒有什麼事情能夠十全十美。但沒有關係，請麻煩你的妻子幫我準備一份煎蛋、義大利式麵包，當然了，還有咖啡。謝謝了。」

◈

餐桌上，福爾摩斯沉默不語，專心地吃著早餐。一旁的費爾普斯先生愈發焦慮，看來他根本吃不下任何東西，似乎越來越沒有信心，他說：

「福爾摩斯先生，我的這樁案子令您感到乏力了嗎？」

「哦，你的早餐還沒有動過，莫非不合口味？」福爾摩斯調侃著，把手伸進口袋，取出了一份卷軸，放到費爾普斯的手中，「這道菜想必你會喜歡。」

費爾普斯打開卷軸，突然叫了起來，大驚失色，目光有些呆滯地反覆打量

著手中的東西。就在這時，他一下子跳了起來，興奮地歡呼著，像瘋子一樣揮舞著自己的手臂，接著坐倒在沙發上，似乎用盡了身體的全部力量，緊緊地抱著卷軸不願放手。原來，福爾摩斯交給他的東西正是那份重要的海軍密約。等到費爾普斯鎮定下來之後，福爾摩斯開始講述他是怎樣拿到密約的。

原來，昨天在我們離開之後，福爾摩斯離開車站，沿著風景秀美的小路往回走到了一個叫里普利的小村子，並在那裡吃了一些下午茶，他並不急於回到沃金。里普利村處於薩里風景區，不光有自然美景，還有一些著名文化人士的故居。整個下午，我的朋友只是四處走走，就像一個旅客那樣。直到夕陽西下，他起身前往沃金，到達老宅子的時候，天色已經暗了下來。

路上空無一人，於是他輕易地越過了宅院四周的柵欄，來到屋後臥室窗戶正對著的那一片院落，並找了一個隱蔽的角落藏起來。他的藏身之地是一片玉蘭花樹掩映的所在，從那裡能夠很輕易地監視整個院落還有臥室視窗的情況，周圍的灌木叢更是加深了隱蔽的程度，外人很難發現有人正在蹲伏著。福爾摩斯判斷好時間，開始監視，快到十點十五分的時候，他望見哈里森小姐關牢百葉窗、離開了臥室。福爾摩斯清楚地聽到她從外面鎖門的聲響。聽到這裡，費爾普斯驚訝地叫道：「鑰匙？」

「是的，這是我之前囑咐好的，我要求她離開你臥室的時候從外面把房門鎖好。每一個步驟她都是按照我的要求在做，說實話，如果有一步她沒有做到位，那整個行動都將失敗，你現在也不會拿到手中的檔案了。再後來，燈完全熄滅了，我仍然藏在玉蘭花樹下，等待著有人到來。當晚的夜空十分清朗，但等待本身卻是讓人厭煩的。與此同時，我也很久沒有像當時那麼激動了。我聽見遠處教堂的鐘聲一遍遍響過，這時候，我聽到供僕人出入的小門被人打開了，月光下我看到約瑟夫．哈里森先生走了進來。」

「約瑟夫？」費爾普斯驚叫道。

「沒錯，正是你未來的妻兄。當時他肩上披著一件深色的斗篷，想必是想在緊急情況下把頭蒙起來逃走。他躡手躡腳地沿著牆角走近了窗戶，這時，他手中亮出一把長刀，開始撬動窗戶，不一會兒就把百葉窗打開了。他的一舉一動都在我的監視之下，我看見他點燃蠟燭，掀起了地毯，彎腰撬起一小塊方形木板，我想，那應該是供工人修理煤氣管道接頭時使用的。從這樣一個隱蔽的地方，約瑟夫拿出一小卷紙來，接著重新弄好了木板，並把地毯鋪平了，見一切恢復了原狀，他在最後吹熄了蠟燭。趁他做這一切的時候，我也潛到了窗子底下。」

接著，福爾摩斯為我們講了一場惡戰。約瑟夫比他想像的要強壯得多，他拿著刀兇猛地撲向了我的朋友。福爾摩斯一不留神，閃避不及，手指便被他劃了一道傷口。福爾摩斯無意和他糾纏，以最快的方式結束了爭鬥，約瑟夫的長刀被打掉在地，自己也被壓在身下，最終不得不將檔案交了出來。

確認檔案無誤之後，福爾摩斯就把他放走了，但我的朋友已經給警察局長寫了一封緊急電報說明情況，想必現在約瑟夫已經被逮捕了。講到這裡，福爾摩斯笑著說：「費爾普斯先生，想必你和你的舅父並不希望罪犯被抓住吧，因為一經庭審，這件事和這份密約就會宣揚出去了。哈哈，想必政府巴不得你的妻兄逃得無影無蹤呢。」

我們的委託人震驚地望著福爾摩斯，剛才的狂喜被突如其來的真相沖散了，他想必寧願相信聽到的並不是真實的，一時無語，最後才感歎道：「上帝啊，竟然是約瑟夫！而且在我備受煎熬的這段日子裡，我竟每天和這份密約睡在一起！我簡直無法相信！」

「事實卻正是這樣，不要忘了最危險的地方有時也是最安全的地方。你或許對約瑟夫並不是完全瞭解，因為親情的緣故，你無法對這個人進行深究，他是一個十足陰險與危險的傢伙。照他的說法，他在賭場上輸得血本無歸，急

需一筆鉅款來還債。為了自己的利益，他可能什麼都幹得出來。他的行為完全沒有顧及自己的妹妹和你。這件案子之所以會耗費這麼多的周折，就是因為線索太多了，我們被很多可能的重要細節牽引著，卻不知自己早已離真相越來越遠。」

「後來之所以會懷疑約瑟夫，是因為你提過案發那天你約好和他一起回家，那麼，他一定會來找你，他想必不是第一次去你工作的地方了吧，所以他能夠熟門熟路地走進你的辦公室。當他從面向查理斯街的那個側門走進外事廳時，正巧是你準備下樓的時候。」

「當發現你並不在辦公室的時候，他順手拉響了鈴聲，想找人問問是什麼情況。應該就在鈴聲響起的那一刻，他發現了你桌子上的重要文件，從那份協定上他一定看到了實際的利益，於是他就捲著它按原路搭馬車逃走了。回到沃金後，他如我們所知道的那樣安排好了檔案，可當時他一定不曾設想你會一病不起，每個晚上都需要有他妹妹的照料，所以一直以來他沒有機會取出檔案，直到你感覺好轉想獨自一人的那天夜裡，他知道機會來了，便在夜深人靜的時候開始了自己的行動。」

「他一定在你的藥物裡做了手腳，想讓你在服藥之後睡得很熟，可是你那

天並沒有像往常一樣吃藥，我沒猜錯吧？所以一聽到聲音你就醒了。他一定懊惱極了，也一定更加焦急，因為如果密約一經政府公佈，他手上的寶貝就是一張一文不值的廢紙而已。令他喜出望外的是，在第一次失敗之後，並沒過多久，第二次更好的機會就來了，那就是我們要求你和我們一起回倫敦。這樣一來，晚上的時候房間內就一個人都沒有了，他可以更加方便地取回密約。」

「他本可從房門潛進去，為什麼非要撬窗戶不可呢？我不是很明白。」我問，費爾普斯先生也附和地點頭。

「這個問題很有趣，我覺得有可能是這樣。從房門潛入費爾普斯先生居住的這個房間，並要走到他想去的臥室，想必要經過僕人和他妹妹的房間，還有廚房和起居室，這樣一來應該容易弄出聲響，還不容易逃跑，」福爾摩斯轉向費爾普斯，繼續說，「既然他相信你已經熟睡了，那從窗戶進來就更加安全了，而且能夠更輕鬆地就逃到院子裡，我想我的解釋可以成立吧。」

聽過福爾摩斯的講述，費爾普斯敬佩地拉住了我朋友的雙手，他親吻著，感激涕零地說：「哦，我不知道該怎樣報答您，親愛的福爾摩斯先生，您挽救了我的前途，我一定付給您相符的報酬。您挽救了我的榮譽，萬能的主會給予您恩澤的……」

費爾普斯又一次陷入了極端的激動之中，又哭又笑，不知所云。我的朋友拉起了他的手勸慰著說：「這沒什麼，我也很樂於破解這樣複雜的謎題。而且，能否破案也不僅與你的榮譽有關，也與我的名聲有關，如果失敗了，我一定會與你一樣痛苦的。」

費爾普斯仍舊抓著福爾摩斯的手，吻個不停。過了很久，他才慢慢穩定下來，將檔案收進自己的上衣口袋，反覆地查看是否放穩妥了。福爾摩斯又要了一杯咖啡，靜靜地吃完了剩下的早餐。費爾普斯食慾也來了，不管食物已經冰涼，仍把一份火腿蛋吃完了。一頓被中斷的早餐結束之後，福爾摩斯點燃了菸斗，坐在沙發上靜靜抽菸，好像還在回味整個案件。我還有一點疑惑，坐到他的身邊問道：「但是，約瑟夫的目的如果只是一份檔案的話，他根本沒有必要帶著那麼一把長刀啊，那明明是兇器。」

「是的，」福爾摩斯意味深長地看著可憐的費爾普斯，說，「如果當不得已的情況發生，他應該會行兇的，反正這位約瑟夫．哈里森先生絕不是什麼正人君子。」

case 04

賴蓋特謎霧

福爾摩斯在賴蓋特養病的期間也避不開兇殺案。坎寧安家族的馬車伕中彈身亡，死者中彈時手裡還緊抓著半張紙條，那紙條究竟是兇手從死者手中撕剩下的，還是死者從兇手那裡奪回來的？

由於偵破了幾樁影響全歐洲的大案子，我的朋友開始聲名大噪，更多棘手的事件，不論是涉及家族利益，還是與大國政治有關，源源不絕地找上了福爾摩斯。但是同時，大偵探的身體狀況卻越來越差，逐漸變得疾病纏身，尤其是可怕的神經痛常常折磨得他寢食難安。這也是他不得不聽從我的建議，隨我一同去鄉間療養的原因。於是，一八八七年的初夏時分，福爾摩斯隨我來到賴蓋特村，去拜訪我過去的病人兼老朋友海特上校。

海特上校熱情好客，與福爾摩斯一見如故，我們決定在賴蓋特多停留一段時間。當時誰也不曾想到，躲開了倫敦的濃霧與交際圈，卻依然躲不開無處不在的罪案。在我們來到之前，當地已經發生了一起竊盜案，使得整個郡縣人心惶惶。而沒過多久，竟又接連發生了一樁命案。無計可施的當地員警慕名而來，希望福爾摩斯能夠介入。出於對朋友健康狀況的擔憂，我並不希望他參與其中，可是他在聽過案件的經過後，顯然提起了興趣，決定助員警一臂之力。

當時，大概早飯時間剛過，賴蓋特的福雷斯警官就急匆匆地趕來拜訪。他定是為發生在前天晚上的謀殺案而找上門的。用早餐的時候，從海特上校管家的口中，我們已經簡略地知道了案件的一些情況。管家說，前一天夜裡，有個盜賊潛入治安官坎寧安的房子，被老馬伕威廉撞見，在搏鬥中，歹徒射殺了可

憐的馬伕。當眾人聞聲趕到時，盜賊已經消失得無影無蹤。事情發生的時間大概是在晚上十二點。

上校聽說了威廉的死訊，感到十分惋惜。在他眼中，威廉是個難得的好僕人，他已經在坎寧安家中工作了幾十年。上校把這次謀殺案與不久前發生的竊盜案聯想在一起，上一次的受害者是阿克頓先生，他和坎寧安一樣，都是當地很有權勢與財富的人物，兩者都有理由成為本地小偷光顧的對象。上校還提及一個情況，那就是阿克頓家族正和坎寧安家族對簿公堂，爭奪一份有爭議的地產歸屬權。

走進房間的是一位年輕的警官，他顯得十分幹練，在簡單介紹自己之後，便開門見山地說明來意：

「福爾摩斯先生，關於阿克頓家的案子，我們還沒有什麼頭緒。但昨夜的事情，目前我們已經掌握了不少的線索，我敢肯定兩樁案子的罪犯是同一個或同一夥人。我想請您去一趟案發現場，罪案發生時有目擊者在場。」

我們大為驚訝，而福爾摩斯顯然來了興致，欣然應允，招呼我和他一同前往。在路上，福雷斯警官詳細地說明目擊者看到的一切。原來，當罪犯與威廉搏鬥的時候，老坎寧安的兒子亞曆克正身穿睡衣在二樓抽菸。聽到呼救聲，他急忙跑下樓，在走廊上看見了作案者的背影。老坎寧安當時則正在臥室休息，聽到聲響後他起身從臥室的窗戶也看到罪犯與威廉扭打，接著，沒等他採取進一步行動，就看到罪犯拿出槍並將子彈射向威廉的心臟。等他們趕到現場，為了對威廉進行施救，他們便沒有機會去追兇嫌。根據坎寧安父子的描述，罪犯是個十分高大的男子，穿著一身黑衣，但卻沒有關於容貌的詳細資訊。福雷斯警官在案發現場找到的一張殘破紙片引起了福爾摩斯的注意。當時，死者手中緊緊捏著那張紙片，上面寫著一些字，提到了一個時間，據推斷，那正是馬伕喪命的時刻。警官說道：

「請您看看，這張紙條顯然是從一張更大的紙上扯下來的，可能是死者從兇手手中搶奪而來，當然了，也有可能是相反的情況。先生，我覺得這些字，加上一個時間，它們似乎構成了一份邀請短柬。」

對於警官的推理，福爾摩斯沒有發表任何意見，他將注意力集中於紙片上的字體，覺得很有深意。我的朋友若有所思地研究著手中的紙片。沒過多久，

我們到了坎寧安家裡，和員警一起，福爾摩斯把現場重新勘查了一遍。經過允許之後，我們還看到了馬伕的屍體，我又檢查了一下，確實是死於槍傷，但有一個情況讓我覺得很奇怪，那就是在槍傷周圍的衣服上沒有火藥燎燒的痕跡。我把這個情況對其他兩個人說了，福爾摩斯同樣感到大惑不解，他說：

「按照坎寧安父子的說法，兇手是在與馬伕搏鬥時近身開槍的，假如事實如此，在屍體傷口附近的衣服上一定會留下火藥的痕跡。」

說完，我們都陷入了沉思，尤其是福爾摩斯，他托著下巴在屍體旁邊踱來踱去，我知道他正反覆揣摩這個新情況。接下來，他沒有進一步發表意見，只是示意我們繼續勘查。這時，坎寧安父子出現了。老坎寧安雖然上了年紀，但沒有一點衰老的跡象，深刻的皺紋之間透露出面容的剛毅有力，目光堅定，卻又顯得有些冷漠、抑鬱。他的兒子亞曆克則打扮得很時髦，衣服的款式酷似倫敦貴族青年的穿衣時尚，與父親相比，他活力四射，笑容燦爛，一出現就熱切地向我們打探案件的進展：

「倫敦來的大偵探先生，請問案件的進展還順利嗎？是否找到了重要的線索？我和父親都希望能夠早日破案，將罪犯繩之以法。威廉的死使我們全家陷入曠日持久的悲痛中，他就像是一個與我們沒有血緣關係的親人。我們願意向

您說出所知的一切。」

在福爾摩斯的請求下，坎寧安父子又講述了一遍他們看到的事情，基本上與警官的轉述沒有出入。他們帶著福爾摩斯沿罪犯逃走的方向走了一段路。在得知案件尚無重要進展之後，老坎寧安先生冷笑了幾聲說：

「反正我們自己也沒有看出什麼重要的線索。」

「但我們也不是一無所獲，」警官說，「有一個重要的……」

還沒等警官的話說完，在場的每一個人都發現福爾摩斯的臉上發生了可怕的變化，那是一種扭曲的、極端痛苦的神情，雙眼誇張地向上翻著，在緊接著的一聲濁重呻吟後，他面部朝下跌倒在地。我立刻想到，我可憐的朋友再一次犯了神經痛。我吩咐其他人和我一起把他抬進屋子裡，將他安頓在座椅上。幸運的是，沒過多久，福爾摩斯就恢復正常，充滿歉意地望著大家，大口大口地呼吸。

「很抱歉，各位也許並不清楚，我的身體剛剛從一種奇怪難纏的病症中恢復過來，但可能還沒有好的徹底，」福爾摩斯解釋說，「神經痛十分容易復發。不用擔心，我還有心力把一些問題調查清楚。我覺得，威廉與盜賊遭遇可能是在對方潛入房子之後，而非之前。」

「我想你的推理明顯錯誤了，」老坎寧安先生的口氣很嚴厲，他斬釘截鐵地說，「如果有人進到房間，他的走動聲一定會被我兒子聽到，當時他還沒有睡覺，這一點想必你也很清楚！」

「那麼，你的兒子當時在什麼地方呢？」

「在更衣室裡，他正在抽菸。」

「更衣室的窗子是那一扇？」

「緊靠著我父親的臥室，右邊最後一扇。」亞曆克回答說。

「那起居室和你父親的臥室的燈當時正亮著嗎？」

「正是如此。」

福爾摩斯笑了笑，過了一會兒才說：

「看到兩個房間的燈亮著，卻執意想進去作案，我們遇到的這個盜賊的確很奇怪啊。好了，我暫時想要瞭解的就這麼多，這幾天可能還要頻繁地來訪，希望你們見諒。」

◈

在回海特上校住所的路上，福爾摩斯與警官反覆討論著案情，最後，焦點落在那張紙條上。他們都同意馬伕死亡的時間正是紙條上提到的時間，這一點顯然不是什麼沒有來由的巧合，應該是十分重要的線索。福爾摩斯認為，寫紙條的人想要馬伕威廉在那個時間起床來到院子裡。至於紙條的另一半，將是本案是否能夠真相大白的關鍵。雖然警官們檢查了地面，但依然無法找到。福爾摩斯說：

「有人焦急地想要得到紙片，他在匆忙之中從死者的手中撕搶紙條，卻沒有發現還有一角留在馬伕手中。我們必須要找到剩下的那一半。」

「福爾摩斯先生，我之前去了一趟郵局，在通信記錄上發現威廉在昨天上午拿到了一封信件，內容有可能就是便條，但我們沒有發現信封，可能是被他本人毀掉了。」

「這個情況太重要啦！」福爾摩斯一下子興奮起來，他大聲地說，「我們現在必須馬上回到治安官家裡，對了，華生，你帶紙筆了嗎？哦，謝謝，我要起草一份聲明。」

他很快就寫完了，內容不得而知，因為他將寫好的紙折起來塞進了褲袋。

對於我們一天中的第二次造訪，老治安官顯得很不耐煩，他兒子也不如之前活

潑了，倒是和他父親一樣，有了幾分陰鬱。

「十分抱歉，突然想到有幾件事情還沒有處理好，」我的朋友笑著說，「如果不介意的話，我想請您在一份聲明上簽字，確切地說，是一份懸賞公告，不知您是否願意出資獎勵給能夠提供線索的人？」

「沒問題，」治安官接著紙和鉛筆，瀏覽著聲明的內容，卻突然大笑起來，「哦，我們的大偵探，你這份聲明的內容在一開頭就錯了，我給你們唸唸：『星期一凌晨零點三刻發生了一起兇殺案……』錯了，錯了，是十一點三刻。」

「對不起，我寫得太匆忙了，請您代勞修改一下，我好儘快讓人去印，張貼出來。」

老治安官又冷笑了幾聲，一副意猶未盡的樣子，他得意地改好聲明，交還給福爾摩斯。

「謝謝，」我的朋友將紙條小心翼翼地收好，說，「為了能夠儘快破案，掌握罪犯的動機十分重要，我們再把整個宅院檢查一遍吧，確認他是否真的沒有偷走什麼東西。」

廚房旁邊的走廊由石板鋪成，走過之後我們就沿著一條樓梯，來到更衣室與臥室所在的二樓。福爾摩斯顯得不慌不忙，一路悠閒地走著。從他的神情可以看出，他希望從這所房子裡發現什麼線索。這時候，坎寧安父子卻顯得沒有耐心，一再聲稱進屋勘查註定是一無所獲的，因為如果罪犯曾經進到屋子裡，他們一定會聽到的。亞曆克大聲說：

「福爾摩斯先生，我建議你去房子的四周好好勘查一下，看看有沒有兇手留下的痕跡，在兇手根本沒有機會進來的房子裡繞圈，只會浪費大家的時間。」

「確實如此，你的調查方式令我深表懷疑。」老治安官在一旁附和道。

我的朋友不為所動，堅持著希望能夠把整個房子好好看看。治安官父子只能表示同意。在更衣室，我們逗留了一會兒，福爾摩斯在不大的空間裡隨意地看了看，最後在窗前站定，問亞曆克：

「這裡應該就是你昨晚抽菸的地方吧？」

在得到肯定的答案後，治安官催促我們去下一個地方看看，接著，我們來到了治安官的臥室。他臥室裡的陳設樸素、簡單，沒有多餘的裝飾。在床的旁

邊有一張小桌子，上面是水和一些水果。當走在後面的我和福爾摩斯經過小桌子時，福爾摩斯以極快的速度把桌上的東西弄翻在地，我目瞪口呆，不知他有何用意，這時我聽見他大聲說：

「華生，你太不小心了，治安官的房間被你弄得如此狼狽。」

福爾摩斯有意將責任推到我的身上，顯然有所用意，我領會了他的用心，便把桌子扶正，和其他人彎腰去整理落在地上的盤子、瓶子與水果。就在這時，我的朋友卻離開了房間，慌亂中竟沒有引起任何一個人的察覺。最先反應過來的是亞曆克，他馬上也衝出房間，老治安官則緊隨其後，只留下我和警官不解地站在原地。警官剛想說什麼，我們突然聽到有打鬥的聲音從更衣室的方向傳來。我們立刻跑了出去，接著就聽到福爾摩斯的呼救聲。

在起居室門口，我們看到有病在身的福爾摩斯被治安官一拳打倒在地，我的朋友正掙扎著要爬起來，這時，亞曆克掏出手槍。雖然不知道眼前的一切究竟是怎麼回事，但警官和我還是本能地撲向持槍的年輕人，將他手中的槍打掉在地。治安官再一次撲向福爾摩斯，死命地抓住他的脖子，我一步上前，制伏發怒的老人。福爾摩斯筋疲力盡地坐在地上，焦急地對嚇傻了的警官喊道：

「快逮捕他們，他們就是殺害威廉的兇手！」

警官一時沒有反應過來，我朋友的話一定令他難以置信。亞曆克重新站起來，尋找著他的手槍，他的目光中充滿凶光，之前的活潑氣息已經蕩然無存，取而代之的是冷酷而瘋狂的殺氣。我搶先一步奪過手槍，坎寧安父子不敢輕舉妄動，場面陷入僵局。福爾摩斯突然舉起一個紙團對警官說：

「這是被撕走的另一半！」

接下來的事情就簡單多了。警官將坎寧安父子帶走，進行進一步的審訊，我和我的朋友則回到了海特上校家中。福爾摩斯需要休息。吃過晚飯之後，在上校的請求之下，福爾摩斯答應把整個案件講清楚，他請上校派人將之前被盜的阿克頓先生也請來。福爾摩斯於是開始了他的講述。

「我希望阿克頓先生也聽聽案子的經過。案件的關鍵在於那張便條。我發現便條上的字體看起來很不規則，我斷定是由兩個人交替寫出來的。『at』和『to』字中的兩個『t』字寫得十分有力道，而『quarter』和『twelve』中的『t』字則顯得相對軟一些。只要一對比，就會發現『learn』和『maybe』是出自有力道的那個人之手，而『what』則是筆鋒柔弱者所寫。」

「為什麼要兩個人交替著寫呢？是為了不留下自己的完整筆跡，這樣一種刻意的掩蓋，顯然是出於犯罪時的畏懼心理。如果是一個人的筆跡，專家可以

判斷出寫作者的年齡。我推斷兩種力道不同的筆跡出自兩個年齡不同的人，一個年長，而另一個相對年輕。我馬上就想到了坎寧安父子。然後，我故意將一份聲明寫錯，輕易拿到了老治安官的筆跡，與紙條上的稍加對比，我確信罪犯就是他們。」

「之所以會懷疑他們，還有一個重要原因，就是他們的目擊證詞與實際情況有很大的出入。他們說兇手是在與威廉近身搏鬥時開的槍，可是死者的傷口周圍並沒有火藥燎燒的痕跡。這說明兇手是在威廉尚未走近時就迅速地開槍將其射殺。而且，順著他們父子指的兇手逃走的路線一路勘查，潮濕的泥土上卻一點痕跡都沒有。很明顯，這對父子在撒謊。沒錯，這是早有預謀的謀殺。便條正是坎寧安父子所寫，他們以某種理由將威廉引了出來。」

「可是他們有什麼動機要殺威廉呢？」海特上校疑惑不解地問。

「警官現在應該就在來這的路上了，我剛剛派人去找他，想必審訊已經結束，關於犯罪動機，等警官來了之後由他來解釋。現在，我想請阿克頓先生講講之前的竊盜案，雖然我們已經有所耳聞。」

「好的，完全沒有問題。我覺得我家裡發生的竊盜案十分詭異，竊盜者似乎只對藏書室感興趣，那裡被弄得一片狼藉，所有的抽屜與書櫃都被翻了一遍，

可是最後，在我清點物品的時候，發現只是少了兩隻鍍金燭臺，一方象牙紙鎮，一團線和一個橡木製的小晴雨計，還有一卷蒲柏翻譯的荷馬的詩。」

「謝謝。看起來，竊盜者只是順手拿走一些東西而已，他究竟想要得到什麼呢？」福爾摩斯頗有意味地環顧著我們，又將目光轉向阿克頓先生，「我聽說你和治安官正在打官司，如果盜賊正是坎寧安父子，他們之所以會襲擊你的藏書室，不過是想找到某種有利於勝訴的東西罷了，如一份檔案。盜賊順手牽羊地拿走一些東西，不過是為了掩人耳目罷了。」

「哦，正是這樣，我手上有一份檔案對於官司而言至關重要，」阿克頓先生驚呼道，「但他們沒有得逞，因為我早已將檔案鎖進臥室的保險櫃裡了。」

就在這個時候，警官適時到來，他向大家宣佈案件已經真相大白，治安官父子伏法認罪。至於他們殺害威廉的動機，是因為在他們闖入阿克頓家的時候，馬伕就在後面悄悄跟著，他想借機敲詐一筆錢財，於是便被自己主人設計的騙局暗算了。

「關於紙條，我還想做一些補充，以使案件的經過聽起來更清楚一些。在我開始懷疑坎寧安父子之後，我就確定剩下的紙條一定在亞曆克身上。亞曆克是第一個到達現場的人，他有機會，而根據治安官說，他自己到達時已有其

他的僕人先於他來到屍體旁邊，所以治安官是沒有機會在眾目睽睽下去取紙條的。」

「順著這一思路往下想，當時亞曆克正穿著睡衣，那麼，紙條極有可能還在更衣室裡。於是，當我們在治安官臥室進行勘察時，我故意弄翻桌子。在大家都在撿東西的時候跑到更衣室，我進了那間屋子，看到睡衣掛在門後，果然不出所料，紙團正在其中一件睡衣的口袋裡。就在這個時候，坎寧安父子衝了進來，他們氣急敗壞地撲到我身上，想搶回紙條。雖然我的身體大不如前，但還是奮力掙脫了他們的圍攻。我低估了老治安官的力量，正當我準備跑出更衣室時，他一拳將我打倒在地。幸虧華生與警官及時趕到，否則我將成為亞曆克槍下的第二個亡魂了。」

「但是，我的行動險些被我們年輕的警官破壞，」福爾摩斯的話讓我們感到不解，他接著說，「因為警官當時想要和那對父子講有關紙條的事情，如果得知還有一半紙條在我們手上，他們一定會立刻將紙條的另一半銷毀。所以，在警官話未出口的那一刻，我故意裝作發病，轉移了大家的注意力。」

當場的每一個人都發出由衷的感歎，福爾摩斯的機智令我們深深折服。最後我問：「紙條上究竟寫了什麼呢？」

福爾摩斯將兩片殘紙合二為一，內容如下：

「不要管我究竟是誰，只要你在十一點三刻準時出現在西門口，我將告訴你一件很重要的事情，對你和安妮．莫里森有無法形容的好處，請相信我。記住，不要將這件事情告訴任何人。我等待你的到來。」

我們面面相覷，誰都不清楚便條上的內容究竟指的是什麼，但大家都為真相的大白而鬆了一口氣。最後，我的朋友對我說：

「這次的鄉村之旅對我的健康大有好處，真是一次充滿樂趣的經歷，我感覺自己再一次精力充沛了。明天，我們就回貝克街吧！」

case 05

諾伍德的建築師

凌晨時分，一名諾伍德當地的建築師家中起火，主人卻不知去向。火災現場發現：無人睡過的床，門被打開的保險櫃，明顯的搏鬥跡象，少量的血跡，還有一根沾血的手杖。

最近剛拜訪過建築師的年輕律師成為最大的嫌疑犯，並已被警方逮捕。見解獨到的福爾摩斯則發現，兇手可能另有其人。

這天早上，在安納利・阿姆斯旅館，我們的主人公之一約翰・赫克托・麥克法蘭先生起床了，當他拿起報紙看的時候，看到一個令他震撼的標題「諾伍德的神祕案件：著名建築師失蹤，懷疑為謀殺縱火案，罪犯的線索」。

這則新聞上介紹了昨天夜晚或今日凌晨，諾伍德地區一個著名的建築師約納斯・奧德克先生家突然著火，而他本人也失蹤了。約納斯・奧德克先生大約五十二歲，從事建築業很多年，有一定的積蓄，但一直單身，不擅交際，性格比較孤癖。近些年，他雖然從建築工作中退下來，仍保留了貯木場。昨天晚上十二點左右，貯木場突然著火，約納斯・奧德克先生也不見了蹤影。

員警在案發現場發現，他的床無人睡過，保險櫃被打開，一些重要文件淩亂地散在地面，屋內有打鬥的痕跡，地面還有少量的血跡，而且法國式的落地窗還打開著，有一些笨重物體被拖往木料堆的痕跡。他們還在著火現場發現了一些被燒焦的殘骸。另外在房間的一個角落裡，還放著一根木手杖，手杖上也沾有一些血跡。

據約納斯・奧德克先生的女管家所說，昨天晚上奧德克先生約見了中東區格萊沙姆大樓四二六號格雷姆・麥克法蘭事務所的合夥人，即年輕的律師約翰・赫克托・麥克法蘭先生。警方推測，這是一起有著明確作案動機的殺人案，他

們已經以麥克法蘭先生謀殺約納斯・奧德克，對麥克法蘭先生進行逮捕。

目前，這個案子由蘇格蘭場的雷斯垂德警長負責，並且在報紙付印之前，逮捕令已經發出。

麥克法蘭先生看到報告，起了一身冷汗，他的心中充滿了驚恐。昨天晚上，因為約納斯・奧德克先生約他有事要辦，所以他就離開了和父母同住的布萊克希斯多林頓寓所。他辦完事後已經很晚了，所以就住在了旅館。沒想到今天早上就發生了這些事。

在他還一頭霧水的時候，員警已經開始通緝他。他知道自己的處境非常危險，而且在倫敦橋車站的時候，他就知道有人在跟蹤他。於是，他便加快腳步朝福爾摩斯家走去。

◈

最近，我應福爾摩斯的要求，賣掉了診所，搬到貝克街和他同住，事後我才知道買診所的是福爾摩斯的遠親。我們正隨口聊著一些稀奇古怪的事情，突然聽到一陣粗暴的敲門聲，緊接著一個面容蒼白、臉色憔悴、渾身顫抖的年輕

人衝了進來。

他衣著大方，大約二十多歲，看起來十分疲憊，臉上還帶著驚恐的表情。年輕人外衣的口袋裡還放著一卷簽注過的證書，看起來像個律師。他仔細地打量我們兩人，可能在我們驚訝的眼光注視下，他也感到自己的行為有些粗魯。

「福爾摩斯先生，實在對不起。可是我快要發瘋了，拜託您一定要幫助我，我就是那個員警正在逮捕的約翰·赫克托·麥克法蘭，我倒楣透頂了。」他說。

福爾摩斯非常平靜，這名字對他並沒有起什麼反應。只見他拿出菸盒，「給你，抽支菸吧！一會兒讓我的朋友華生開一張鎮定劑的處方給你。等你冷靜下來，你再詳細地給我們講述一下你是誰，到底發生了什麼事。我現在除了知道你是一名律師、單身漢、共濟會會員、哮喘病患者外，對你的情況都不是很清楚。」

福爾摩斯的話又讓年輕人大吃一驚，很明顯我的朋友根據他攜帶的一些凌亂的文件、錶鏈上的護身符及不斷喘出的聲音做了一些推測。

「確實是這樣，福爾摩斯先生。除了你剛才說的之外，我目前還是處境最糟的人。外面的員警都要逮捕我，但是我已經顧不得這些，祈求您讓他們給我一些時間，讓我把事實全部告訴您。只要把事實都告訴您，讓我進監獄我都願意。」

「進監獄？你犯了什麼罪？」

「殺害了約納斯．奧德克先生。」

麥克法蘭先生看到福爾摩斯膝蓋上的《每日電訊報》，他用顫抖的手指著其中的一個標題，「就是這個。您看一下就知道原因了。」

福爾摩斯在看報導期間，我注意到麥克法蘭先生的全身還在顫抖著，他還在使勁地掰弄著自己的手。

「福爾摩斯先生，這就是他們正在調查的線索，他們正在四處追捕我，但是我真的沒有謀殺奧德克先生啊！如果母親知道我被捕了，她肯定會非常傷心的。」

在看完報導上的案情介紹後，福爾摩斯閉上眼睛稍稍沉思一下，然後他問這位被指控的嫌疑人，「既然所有的證據都指向你，你是怎麼跑出來的呢？」

「昨天晚上和奧德克先生談完事情後已經比較晚了，我就住在安納利．阿姆斯旅館。早上起來才知道發生了這件事，然後我就過來找您。」

在他們談話期間，樓下傳來腳步聲，看來雷斯垂德警長帶著員警過來了。這個時候的麥克法蘭神情更緊張了，他臉色異常蒼白。

「福爾摩斯先生，拜託你，讓我把實情講完。」麥克法蘭向他祈求救援，還做出了一個絕望的手勢。

而雷斯垂德警長則直接走到麥克法蘭面前，「由於你蓄意謀殺害諾伍德的約納斯．奧德克先生，我們現在要逮捕你。」

「雷斯垂德，等一下。再等半個小時，他正要給我們講事情的經過，可能對我們破案有幫助，再稍等一下。」福爾摩斯說。

「不用了吧！案情已經很清楚了。」雷斯垂德說道。

「我還是很有興趣聽他講講的，如果你同意的話。」

「鑒於你過去幫過我的忙，我很難拒絕你的請求。那好吧，就給他半個小時。但是我必須和犯人在一起，他講述的情況都將作為對他不利的證據。」雷斯垂德看了看錶，說道。

「這太好了，我保證自己說的全是實話，我只請求你們一定要聽我說。」麥克法蘭說，「說實話，我並不瞭解約納斯．奧德克先生，很多年前我的父母和他認識，但是之後便很少聯繫，我更是對他一無所知。昨天下午三點的時候，他突然來到我的辦公室，我當時也感到非常奇怪。當他說明希望我辦的事情時，我更加意外了。」

他從口袋裡拿出幾張紙，「這就是他昨天拿給我的。」我們看到的應該是幾張從筆記本上撕下來的紙，上面擠滿了密密麻麻的字，字跡還特別潦草。

「這是他的遺囑。他讓我用正規的格式把這份遺囑寫出來。但在抄寫遺囑的時候，我吃驚地發現他把大部分的遺產都留給了我。我疑惑不解，簡直不敢相信，就問他原因。他告訴我他是一個單身漢，沒有什麼繼承人，很多年前他就認識了我的父母，並且聽說我是一個值得信任的年輕人，於是他就決定將他的遺產全部交給我。說這些的時候，我注意到他的眼神中流露出滿意的光芒。」

「當時的我太過激動，也只是語無倫次地表示了我的感謝。後來遺囑按照格式寫好，由我的書記公證，他簽了字。他讓我當天晚上和他一起去諾伍德，還有一些租約、房契、抵押憑證、臨時期證之類的需要當面處理，這樣他就放心了。他還叮囑我，這些事情在辦妥當之前不能對我父母說，以便給他們一個驚喜。」

「福爾摩斯先生，當時我無心拒絕他，一心想實現他的願望。我給父母發了電報，說自己有點要緊事要處理，可能很晚才能回家。奧德克先生還讓我晚上九點鐘和他一起共進晚餐。但是他住的地方實在很偏僻，到達那裡時大約已經九點半了。」

「幫我開門的是一個中年婦女，應該是他的女管家。她把我領到一間起居室裡，我在那裡吃了一些簡單的飯菜。然後，奧德克先生把我帶到他的臥室，他打開臥室裡的一個保險櫃，拿出一大堆檔案。我們一起仔細閱讀那些檔案，大概到十一點多才結束。他建議我不要打擾女管家，便打開一扇法國式的窗戶，讓我從窗戶裡跳出去。」

「有窗簾嗎？」

「我記不太清楚，好像是放下了一半。」麥克法蘭想了一下，突然說道，「我想起來了，當時他打開窗戶時拉起了窗簾。我跳下窗戶的時候發現自己的手杖忘了帶，他說希望以後可以經常看見我，並說會把手杖放好等我下次過來再取。我記得離開的時候，保險櫃還沒有上鎖，我們看過的檔案還放在桌子上。」

等麥克法蘭說完，雷斯垂德就迫不及待地問：「福爾摩斯先生，你還有什麼要問的嗎？」他很想快點把麥克法蘭帶走。

「現在還沒什麼要問的，等我去了布萊克希斯查看過現場之後再說。」

「好，那我們先把麥克法蘭先生帶走，外面有輛四輪馬車。」說著員警就過來帶麥克法蘭先生下樓，這位可憐的人用祈求的目光望著我們，雷斯垂德接著又說，「福爾摩斯先生，我還要和你說幾句話。」

福爾摩斯正在翻看麥克法蘭留下的幾張遺囑草稿，他把草稿遞過去，「雷斯垂德，你看這份遺囑有什麼特別？」

雷斯垂德接過遺囑看了看，看了一些地方還顯出努力辨認的樣子，「這份遺囑確實很特別，除了開頭和第二頁中間及最後幾句，我能稍稍辨認出來外，其餘的都很模糊，太過潦草。還有三個地方我一點都認不出來。」

「你怎麼看這些？」

「你認為呢？」

「我認為遺囑可能是在火車上寫的，能辨認出的部分是在火車停下來的時候寫的，模糊的部分可能是在火車行駛途中寫的。如果是非常有經驗的專家，還可以根據他接二連三地遇到岔道，推斷出他在哪一段鐵路線上寫出來的。如果他用了全程的時間寫這份遺囑，那輛列車必定是趟快車，而且在諾伍德和倫敦橋中間只停過一次。」

「你的推斷能力確實很強，但是這和案子有什麼關係？」雷斯垂德笑著說。

「這些足以證明這份遺囑是在旅途中擬定的，試想一個人如果是在旅途中草擬這麼重要的檔案，豈不是太過草率，也可以說明這份遺囑在他心中並不重要。只有那些不想讓遺囑生效的人才會這樣做。」

「那他豈不是也給自己一張死刑判決書？」

「你這樣想的？」

「你怎麼想？」

「可能吧，但我還不能確定。」

「怎麼會不清楚？一個年輕人突然知道如果這個人一死，他就可以得到一大筆遺產。他當然會處心積慮地尋找藉口去拜訪他的委託人，然後趁著屋裡的人休息後殺死委託人，並點火焚燒了他的屍體。然後，他又悄悄溜到附近一家旅館，但是卻留下手杖和一些打鬥時的血跡，他沒想到正是這些痕跡暴露了自己。」

「雷斯垂德，這些都太過明顯，你可以站在年輕人的角度考慮一下這些問題。」福爾摩斯說道，「如果你是麥克法蘭，你會選擇在立遺囑的當晚去行兇嗎？你會讓女僕知道你的到來嗎？你會在焚燒屍體的時候留下手杖和血跡嗎？這些可能性都很小，而且如果把立遺囑和行兇聯繫在一起的話，我們容易疏忽案件中存在的其他可能性。」

「福爾摩斯先生，但至少那根手杖可以說明一些問題。他可能在行兇之後心情緊張，不敢回房間取回手杖。你有別的推測？」

「可能性有很多，但是我舉一個很簡單的例子，比如說在麥克法蘭和奧德克先生看遺囑的時候，一個路人經由打開的窗戶看到他們，在麥克法蘭走了之後，路人就入室用手杖打死了奧德克先生，焚燒屍體後逃跑。」

「那路人為什麼要火燒屍體？」

「麥克法蘭為什麼要這樣做？」

「掩蓋證據。」

「路人也可能是這樣想的。」

「路人怎麼不拿保險櫃裡的東西？」

「簽過字的字據別人拿走也沒有用。」

「福爾摩斯先生，我不想和你再爭辯，你去找你的路人吧，我們是不會放過這個年輕人的。我還要告訴你一點，那些字據我們都沒有動過，麥克法蘭也根本不用帶走這些字據，因為他已經是法定繼承人，無論什麼時候這些財產都是他的。」

他的話好像一下子刺激了福爾摩斯，「是的，現在的證據都非常有利於你的推測，可是我們不能否定其他可能性的存在。這樣說來，一切都會在未來得到確定。我今天會順便到諾伍德查看一下，再見。」

等雷斯垂德走後，他就對我說：「華生，我先去布萊克希斯。」他立即從椅子上站了起來，然後匆忙地穿上他的外衣。

「不是去諾伍德嗎？」

「嗯，這個案子很奇怪，員警們都將視線放在諾伍德的謀殺上，但我覺得遺囑非常蹊蹺，遺囑寫得那麼草率，還給了一個沒有什麼關係的年輕人，這裡面肯定存在某種特別的事情。我想先弄明白這些，可能會方便下一步調查。當然現在你也幫不上我什麼忙，應該也沒什麼危險，我自己一個人去就行。等我回來的時候，我希望可以告訴你那個年輕人到底想讓我幫他做什麼。」

他一個人出發了，夜裡很晚的時候才回來。他臉色發黑，一句話也未提，然後默默地拿起小提琴，琴聲低沉憂傷，大概拉了一個小時左右，停了下來。

「華生，難道真的錯了嗎？我竭力在雷斯垂德面前證明有另一種可能性存在，但是我的直覺告訴我他對了，我錯了。我現在找不到絲毫的證據可以讓英國的陪審團相信我的假設。」

「你去過布萊克希斯了？」

「是的。我見了麥克法蘭的母親，並瞭解到奧德克是個十足的壞蛋。麥克法蘭的母親說奧德克『與其是個人，不如說是個惡毒狡猾的怪物』。他們在年

輕的時候就認識，而且奧德克是最早向她求婚的人。他們訂婚以後她聽說奧德克很多殘酷無情的舉動，例如將貓扔到鳥籠裡等，她便決定不再跟奧德克有任何往來。但是在她結婚的時候，奧德克給她寄來一張臉部被刀劃得支離破碎的照片，甚至還詛咒她。這次，對她兒子的事情，她也是異常憤怒和恐懼，覺得自己的兒子肯定不會犯罪，奧德克是死有餘辜。但是她對奧德克深惡痛絕的厭惡，無疑又支撐了警方的推測。如果知道她如此痛恨奧德克，她的兒子心中自然也會產生仇恨的種子。」

「我還告訴她，奧德克應該寬恕她，否則不會讓她的兒子繼承遺產。她立即嚴肅又鄭重地告訴我，他們絕對不會要奧德克的任何東西。我還去尋找了一些別的線索，但是都不能證明我的假設。最後我實在沒辦法，就去了諾伍德。」

「華生，這是我在筆記本上給諾伍德做的一個簡圖，你看它像一個現代化的大別墅吧。它由燒磚蓋成，庭院在前，這片大草坪上種著許多月桂樹。我發現著火的貯木場在右邊，左邊的這間屋子是奧德克的房間。站在庭院前的大路上，我們就可以看到房間裡面。」

「我到的時候，剛好雷斯垂德不在那裡，這讓我好受多了。他的警長帶著我到了案發現場，並告訴了我他們剛發現的一些線索。他們在著火的地方發現

一些燒焦的殘骸，以及一些金屬小圓片。這些小圓片經過火燒已經變了顏色，但是我還是看出來那是男人褲子上的鈕扣，我還發現鈕扣上有『海安姆』的字樣，那是奧德克的裁縫的姓。」

「之後我又去了大草坪，看看能否找到一些痕跡或者腳印之類，但是好像除了曾經有屍體或者捆著的東西被拖過短籬笆朝著木料堆的方向，其他什麼都沒有發現。我在草坪大概找了一個多小時，還是什麼都沒有弄明白。」

「在院子裡我沒有發現有價值的線索，就走到奧德克的臥室裡查看。那個房間裡有少量的血跡，看著好像是沾上去的一樣，顏色還挺鮮豔。我還看到麥克法蘭的手杖，在把柄上確實有一些血跡。地毯上依稀還可以看到他們二人的腳印，其他的我也沒發現什麼。」

「我覺得自己沒有希望了，又檢查了保險櫃，裡面已經沒多少東西，大部分的字據都在桌子上放著，有一兩張字據還被打開了。我看了一下，也不是什麼很有價值的東西。從奧德克的存摺上看，我也看不出他有多麼富裕。但是我覺得好像並不是所有的字據都在那裡，他應該還有一些值錢的字據如文憑之類的，但是我沒有找到。如果能找到這些的話，那我的假設就有了一點希望。」

「我又查看了其他一些地方，最後找到女管家。她是一個不愛說話、皮膚

黑黑的女人，她一直斜著眼注視我，我希望她可以說點什麼，但是她的嘴像塗了蠟一樣繃得緊緊的。我詢問了好長時間，她才承認麥克法蘭確實是在九點半左右來過，她為他開了門並帶他吃了飯，十點左右她就回去睡覺了。」

「她不知道後面發生了什麼事情，後來被火警驚醒，等她跑到貯木場的時候，除了看見茫茫大火，她還聞到了肉燒焦的味道。她想主人肯定是被謀害了。她想奧德克先生通常不怎麼跟人交往，怎麼會被人謀害了呢？她不知道有關字據的事情，關於奧德克先生的私事她也一無所知，但是當她看到扣子的時候，她確定那肯定是奧德克昨晚穿的衣服。」

「哦，華生，這就是我今天下午到晚上做的全部事情，我覺得自己很失敗，但是我又知道好像哪兒不對，甚至我感覺完全不對。直覺告訴我，那個女管家肯定知道事實，但她就是不說。如果奇蹟不出現的話，我覺得我們的破案記錄裡不會出現這樁諾伍德的失蹤案。」

「那個年輕人說不定會感動陪審團的？」

「這個希望非常渺茫，華生，你還記得罪犯貝爾特．司蒂芬斯嗎？在一八八七年他祈求我們幫助的時候多麼誠懇。如果我們不能找到合適的證據，我們就幫不了麥克法蘭。目前所有的證據都指向他，我的調查也證明這些。可

奇怪的是，我查看奧德克銀行存摺的時候發現那裡面基本沒什麼錢，他在過去一年裡和柯尼利亞斯先生進行了幾場大型交易，並且還開出了幾張大額的支票，不知道他們之間有什麼關係，或許和案子有關？但是我還沒找到證據。我想我該到銀行查詢一下那個把支票變成現金的人，看看他們到底是什麼關係。不過華生，我非常擔心這件案子會以雷斯垂德對麥克法蘭判死刑而結束。」

◈

第二天一早，我就看見福爾摩斯面色憔悴，一臉愁容，他椅子旁邊的地毯上全是菸頭，一看就知道昨天晚上沒怎麼睡覺。桌子上還放著當天的報紙和一份電報。

電報是雷斯垂德發的，他告訴我們又獲得了一些重要證據，麥克法蘭的罪行已定，希望福爾摩斯放棄追查此案。

福爾摩斯苦笑著，「雷斯垂德好像勝利了一樣，但我是不會放棄這個案子的。華生，我們吃過飯一起去諾伍德吧。我今天很需要你的 明，說不定在那裡還會發現一些罪證，這些證據能幫助我們驗證一些結論。」

福爾摩斯並沒有吃早飯，一般在他比較緊張的時候，他就沒有精神吃飯，甚至有些時候為了辦案，他會因體力不支而暈倒在現場。

我吃過飯後，便和他一起出發。莊外還是擁擠著一群看熱鬧的人，不過這座別墅的描述和福爾摩斯給我介紹的一樣。我看到雷斯垂德滿臉紅光，非常得意。

他見到我們，高興地說：「福爾摩斯先生，你找到那個路人了嗎？是不是已經證明我們錯了？」

「沒有，我現在還沒有結論。」福爾摩斯冷靜地說道。

「但是我們又得到一些證據，現在能準確的證明本案的兇手就是約翰·麥克法蘭。我們這次終於走到你的前面，發現了案子的真凶，呵呵。」雷斯垂德大笑著，帶我們去了一間門廳，室內一片灰暗。

「這個地方是麥克法蘭作案後取帽子的地方，你們看一下這個地方。」

雷斯垂德突然點亮火柴，藉著微弱的光，我們看到白灰牆上有一些血跡，當把火柴靠在牆上的時候，一個大拇指紋非常清晰地出現在我們面前。

「福爾摩斯先生，你用放大鏡好好看看吧。你應該知道指紋是不可能一樣的，這上面的指紋剛好和麥克法蘭右手大拇指上的指紋一樣。這是非常關鍵的

一點。」

很明顯，麥克法蘭現在被推上了絕境，可是我發現福爾摩斯的眼睛在發光，面部也顯現出一絲驚喜之色。

「誰都想不到這個外表瘦弱的年輕人這麼不可靠，當然這件事也告訴我們不要盲目地相信自己的眼力，雷斯垂德，是不是這樣？」

他又看了看牆上的指紋說：「那個年輕人在摘帽子的時候順手就在牆上按了一下，仔細想想，還真是一個自然的行為。對了，這個指紋是誰發現的？」

「女管家勒克辛頓太太。她看到之後就告訴了夜勤的員警。」

「當時夜勤的員警在哪兒？」

「他在那間出事的臥室裡，負責看守臥室裡的東西。」

「那他們昨天怎麼沒有發現這個？」

「哦，這個地方不太明顯，昨天我們也沒有仔細檢查。」

「是吧，確實不夠顯眼。但我想這些血跡昨天牆上就有吧。」福爾摩斯看上去很鎮靜，但是他還是有一種抑制不住的興奮。

「福爾摩斯先生，我不懂你的意思。我可以百分百確定這就是麥克法蘭的拇指印。」

「確實是的。」

「那這些證據就可以了，福爾摩斯先生，我非常注重搜集足夠的證據才下結論，我要去起居室寫案件報告，如果你有什麼事的話，可以到那裡去找我。」

「好的。」

福爾摩斯慢慢平靜下來，他告訴我說：「華生，我們的委託人現在有了幾分希望，呵呵，這真的是個糟糕的進展。」

「我很高興聽到這樣的話。」

「昨天我在檢查門廳的時候，並沒有發現任何血跡。而今天這裡就有了血跡，這裡面很有蹊蹺。華生，我們出去散散步。」

在花園散步的時候，福爾摩斯很有興致地檢查著這所房子，他按照別墅的順序一間一間地查看，從地下室到閣樓，他都細細地看過。當我們到達頂層走廊時，他又興奮起來，「華生，我現在終於找到證據了。現在我們可以去找雷斯垂德。」

我們到起居室的時候，雷斯垂德還在那裡認真地寫著報告。

「你在寫這個案子的報告？」

「是的。」

「你不覺得現在下結論有些早了嗎？我覺得你的證據並不是很充分。」

「你什麼意思？」雷斯垂德放下筆，充滿疑問地看著福爾摩斯。

「有一個很關鍵的證人，我想你還沒有見過。」

「誰，你找到了？」

「可能吧。但是我需要你召集三個力氣大、嗓門也大的員警。他們也許能幫助我查明一些事情。」

大約五分鐘過去了，三個身強力壯的員警已在大廳等候。

福爾摩斯讓他們去門外的小屋抱一些麥秸過來，然後讓雷斯垂德去頂層樓梯的平臺上等候。之後，福爾摩斯又讓一名員警提了兩桶水，並把麥秸放在水的旁邊，不讓它靠著牆。

「華生，你開一下窗戶好嗎？然後用火柴點著麥秸。」

伴隨著麥秸「劈哩啪啦」的響聲，一股股燃燒起來的白煙縈繞在走廊裡。「我們現在大聲喊『著火啦』，快，大聲點……」

大家高聲喊著「著火啦」，連續喊了幾聲之後，突然走廊盡頭的牆被推開，然後一個乾瘦、矮小的人從裡面衝出來，彷彿是從洞裡蹦出來的兔子一樣。

「太好了。華生，用水把麥秸澆滅。雷斯垂德，這就是失蹤的莊園主人約

納斯．奧德克先生。」

見到這個人，雷斯垂德非常驚訝。「這到底是怎麼回事，你在幹什麼？」我們注視到奧德克一雙狡詐、兇狠的眼睛來回地打轉，他看到雷斯垂德發怒的樣子，忍不住笑出了聲。

「我又沒殺人。」

「是嗎？你絞盡腦汁地送一個無辜的人上絞刑架，這還沒害人嗎？」

奧德克突然哽咽道：「我只是想開個玩笑，真的，先生。」

「這個玩笑真好，我保證你笑不出來。快，把他帶下去。」

三個員警上來就要把奧德克帶走，「福爾摩斯先生，我不得不承認我錯了，你確實非常出色。你救了一個無辜的人，還阻止了一件影響我聲譽的醜聞發生。」雷斯垂德說。

「呵呵，這件事還會讓你的名譽大增呢。你把你的報告更改一下就可以。」

「你的意思是不要提你的名字？」

「一點都不要提，我要留到將來讓這位歷史學家幫我寫，哈哈。華生，我們去看一下這個地方吧。」

我們走到過道盡頭六英尺左右的地方，發現隔牆上有一扇暗門，安裝得非常巧妙，一般人根本就注意不到。小屋裡面有些灰暗，但是借著牆壁屋簷的縫隙還是可以投射進來一些光。這間小屋裡存放著一些食物和水，還放著幾件傢俱，傢俱上還有一些報紙和文件。

我們看了這個地方之後，福爾摩斯說接下來要去找女管家，她肯定也知道這個地方。

「那你是怎麼找到這個地方的？」我充滿疑惑。

「拇指印。我前天來調查的時候，根本就沒有這個拇指印。指印肯定是夜晚有人專門摁上去的。約納斯．奧德克曾經在把分成小包的資料用火漆封口的時候，讓麥克法蘭用大拇指按了一下使之黏牢。奧德克為了證明麥克法蘭的罪行，就讓女管家用一個蠟膜把麥克法蘭的指紋用血跡取下，然後貼在牆上。第一次觀察這個走廊的時候，我已經注意到它比其他走廊短了六英寸，這個地方很方便他躲藏。後來我又想到他肯定無法在火堆裡待著，就用計把他逼了出來。」

「太妙了。那他為什麼要這麼做呢？」

「這個很好解釋。我去過麥克法蘭家，在麥克法蘭母親眼裡，奧德克是個很狡猾、狠毒的人，她曾經拒絕過他的求婚，他也就一直懷恨在心。最近兩年，他可能做生意失敗了，這些在他的字據裡可以看到。可能為了騙過其他的債主，他就用柯尼利亞斯先生的名義在其他地方建了一個帳戶，並把他的資金都轉移過去，希望等以後再把那筆支票變成現金，重新開始生活。於是他就設計了一個騙局，他假裝把自己的遺產全部給麥克法蘭繼承，還告訴他不讓他的父母知道，另外還故意製造了一個麥克法蘭謀殺他的現場。情況可能就是這樣吧！」

「對了，雷斯垂德，麥克法蘭應該不會受到任何傷害吧！至於奧德克，我相信你們會給他判定一個合理的罪行。」

福爾摩斯微笑了一下，我們便起身回貝克街。

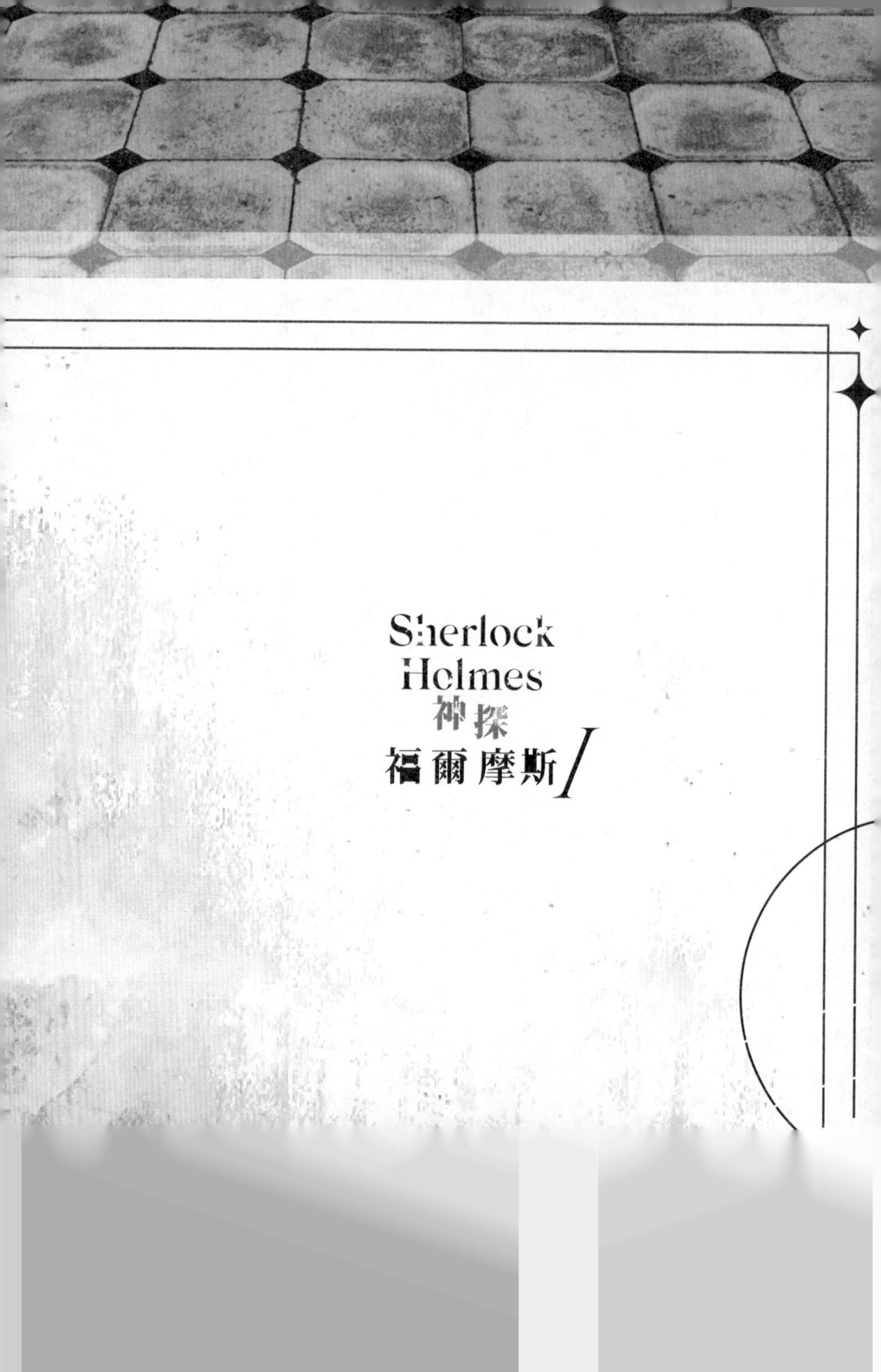
Sherlock
Holmes
神探
福爾摩斯

case 06

三個大學生

學院院長辦公室內，第二天即將開考的獎學金考試試卷被動過，可是，僅從辦公室門上留下的鑰匙，三張分散在室內各處的試卷，桌上一些碎木屑，書桌上的幾道刮痕和一個小泥球上能找出真正的肇事者嗎？

大偵探福爾摩斯離開英國去周遊世界已有近兩年的時間。從他不時寄來的明信片，我大致能夠瞭解他的行蹤，知道他去過俄羅斯、中國、印度，乃至於遙遠的日本島。可是近來大概有兩個多月的時間，我沒再收到他的明信片，這是以往不曾發生的。我感到很擔憂，深怕會有什麼危險波及福爾摩斯。我暗自希望，明信片的突然中斷不過是郵政系統的失誤，這在英國倒是常有的事情。

又過了大概一個星期，我收到一封來自南非的信件，是福爾摩斯的筆跡，這讓我喜出望外，但信中的內容卻又令我萬分憂慮。在信中，福爾摩斯簡略地介紹了他的情況。不久前，我的朋友遊歷了馬達加斯加島，之後到達南非。因為一次意外，福爾摩斯中了槍，雖然沒有傷及要害，卻導致連日不退的高燒，並催發他以往的神經痛。最近，病症愈發嚴重，當地的英國大夫也無能為力。對於福爾摩斯的神經痛，我是最瞭解的，之前也是由我研製的特效藥才將病症抑制。我必須親自前往馬達加斯加，刻不容緩，否則朋友的生命將危在旦夕。

從倫敦到約翰尼斯堡，漫長的海上航行令人焦慮不安、心煩意亂。一下船，我馬上按照信上的地址找到福爾摩斯租用的公寓。

雖然身體虛弱，但福爾摩斯還是竭力熱情地迎接了我。他的樣子沒有什麼變化，但從他消瘦的臉龐上還是可以看出堪慮的健康狀況。接下來的兩週，我

費心照料福爾摩斯的身體，他的病症逐漸消失，慢慢的，他已經可以在風和日麗的時候陪我去遊覽城市中的文化遺跡。

由於在約翰尼斯堡居留了不短的時間，當地的英國人逐漸知道大偵探的到來。福爾摩斯的公寓前不再是門可羅雀，不斷有人來拜訪祖國的大偵探。

這種情況福爾摩斯本不願看到，他喜歡清淨。有天下午，一位政府武官請求拜訪福爾摩斯，我們在起居室和他會面。這是一個相貌英俊、身材高大的年輕人，從外表及目光中的神采就可以看出他的幹練。還不等他做自我介紹，我的朋友就微笑著，搶先一步說：

「你是吉爾克利斯特先生吧，想必你是剛剛從羅得西亞調任到約翰尼斯堡的，看來我的眼力沒有錯，我當時就認定，雖然你曾做錯了一些事情，但這不會妨礙你有一個美好的前程。」

來訪者大為驚訝，他沒有想到自己能夠被福爾摩斯記得，他充滿感激地一鞠躬說：「親愛的福爾摩斯先生，你當年及時揭露了我的錯誤行為，讓我能夠帶著一份覺醒與懺悔的心態來到南非。這次拜訪，我想向你表達我深深的謝意與敬意。」

這一番話讓我感到相當疑惑，趕忙問福爾摩斯這是怎麼回事。他沒有馬上

回答，只是向來訪者介紹了我。我們在客廳各自坐下之後，他才面帶微笑地對吉爾克利斯特說：「如果不介意的話，讓我們一起向我的朋友講講往事吧。」

來訪者沒有反對，我的朋友繼續說：「這是一件有關三個大學生和一次考試的事件，華生，這一次我不想從我的破案經歷說起，而是希望當事人先講講他犯下錯誤的經過，吉爾克利斯特先生，請你說得詳細一些。」

「好的。那是多年前我在倫敦郊區大學城中的一所著名學院念書時的往事。我住在學院一所公寓的一樓，我還有兩位同學，住在二樓的是一位印度人，叫道拉斯．芮斯，他成績優異，性格沉靜，卻總是拒人於千里之外。住在最頂樓的是邁爾茲．麥克拉倫，他可以算是大學城中最有才華的一位，但是放蕩不羈，經常惹事，有幾次差一點被學院開除。」

「雖然各自的性格不同，我們卻相安無事地在同所學院裡學習了一段時間，彼此之間並無太多的交往。就這樣，迎來了一次獎學金考試，它將決定我們誰能夠拿到巨額的獎學金。考試第一天要考的是希臘文，本來我對這次考試很有信心，我的希臘文成績一直不錯，但可能是由於太想得到這筆獎學金，我感到壓力很大。」

「我父親是聲名敗壞的紮別茲．吉爾克利斯特勳爵，因為賭博散盡了家中

的錢財。我必須自力更生，只有拿到各種獎學金才有可能在學院繼續學習，在生活上，我始終很刻苦。」

「在考試來臨的前一天，因為我是大學裡的跳遠選手，所以在運動場做完每日固定的跳遠練習後，便拎著釘鞋準備回臥室。經過院長希爾頓．索姆茲先生的辦公室時，我不經意地透過窗戶看到桌上有一些紙張，立刻猜到有可能是第二天準備使用的試卷樣本。當時我雖然心動不已，但知道沒有鑰匙我難以進到辦公室。可是我萬萬沒有想到，院長辦公室的門上竟留有一把鑰匙。在一時衝動的情況下，我決定鋌而走險。」

「我把釘鞋放在桌子上，又將手套扔在靠近窗戶的椅子上，拿起試卷的樣本開始抄寫，一邊望向門前的院子，不時提防著院長從正門進來。沒想到的是，院長走的是側門，當我聽到腳步聲就在門口時，已經來不及跑出辦公室，我只能抓起鞋子，躲進院長的臥室……」

當來訪者說到這一關鍵時刻，福爾摩斯一揚手，打斷了他的講述說：

「年輕的朋友，暫且講到這裡吧，留一點懸念給我的朋友，由我從案發之後繼續講起吧。親愛的華生，那是在一八九五年，由於連續偵破了幾起複雜的案件，我感到很疲倦，於是我來到大學城，一邊休息，一邊借用圖書館的資源

研究起各國的歷代法律。」

「嗯，我記得確實有這麼一回事，你在大學城居住了一個多月，但我不曾聽你說起過有什麼案件發生。」我說。

「是的，因為一回到貝克街，我們就接到了另一樁更為詭異的案件，所以就沒有精力詳述我在大學城遭遇的事情。當時，我住在離圖書館很近的外租公寓。一天下午，學識淵博的希爾頓·索姆茲先生突然造訪，驚慌失措地說：『福爾摩斯先生，請你幫助我，有人闖進了我的辦公室，偷看了桌上的試卷樣本。這與明天就要舉行的考試關係重大，我必須找到誰是偷看者。』」

「我當時就想到，極有可能是要參加考試的學生本人，或是其指使的什麼人進到院長的辦公室，我要求去一下案發現場。在路上他向我說明詳情：『今天上午，學校的印刷部就送來了試卷的樣本，我需要花時間再校對最後一遍。樣本上是一大段希臘文，要求學生將其翻譯成英語，如果有人事先偷看過，就有充裕的時間進行準備。我正要校對的時候，突然想起有個朋友要請我吃午飯，於是就鎖好門離開。』」

希爾頓·索姆茲離開不過半個多小時左右，當他回來的時候，發現自己辦公室的門敞開著，上面還留有一把鑰匙。他以為是僕人班尼斯特來送茶，忘記

取下門鑰匙。他想到試卷，不安起來，衝進辦公室，發現裡面空無一人，只是三張試卷的樣本被人翻弄過，一張扔在遠處，而另外兩張則分別落在窗下的桌上和地板上。他起初認為是僕人幹的，可就在這個時候，僕人慌張地趕回來取鑰匙，他否認了院長的指控，但仍為自己的失職而惴惴不安。

院長相信了僕人的話，很自然地想到了第二種可能性，那就是某個學生經過辦公室的時候，發現鑰匙在門上，所以沒有抵禦住誘惑。至於誰會幹出這件事情，在三個學生中，院長懷疑的對象落在了住在最上面一層的邁爾茲．麥克拉倫身上，因為他的希臘文成績不好，基本上沒有希望得到獎學金繼續深造。

我仔細地查看了整個房間，除了被揉皺了的試卷樣本之外，我還發現靠近窗戶的桌子上有一段鉛筆的碎尖頭和碎木屑，很有可能是那個闖入者在抄試題的時候把鉛筆折斷了，必須得重新再削一削。

桌子是新買的，表面很光滑，我在上面發現了重物劃過的痕跡，還有一個黑色泥球，它很小，球面上有一些鋸末一類的東西。僕人班尼斯特此時並不在屋子裡，院長說他被眼前的情景嚇壞了，因過度自責而險些暈倒，當時不得不坐在椅子上休息一下。院長離開辦公室來找我的時候，還沒有緩和過來，後來應該是去了臥室休息。我又在屋子裡走了一遍，沒有發現更多的痕跡，闖入者

沒有留下明顯的腳印。

我覺得有必要檢查一下辦公室裡的臥室，院長在事發之後並沒有進過臥室，闖入者有可能就藏在臥室裡。

因為在進入學院的時候，院長並沒有聽到急促的逃跑聲從樓梯那邊傳來。臥室是一間裝飾典雅的房間，有很多可以暫時藏身的地方，但我們進入的時候並沒有人。我仔細地查看了一遍，沒有什麼值得注意的痕跡，就當我失望地準備離開時，卻發現門邊也有一小塊金字塔形狀的黑色東西，和我在辦公室桌上發現的一模一樣，表面也沾有一些鋸末狀的細物。很顯然，在希爾頓．索姆茲先生進到辦公室的時候，闖入者就躲進了臥室。

接著來到了外面，我發現辦公室和臥室的窗戶距離地面有一定的距離，普通身高的人無法探頭透過窗戶看到室內的情況。在臥室窗戶下面的泥土地上沒有腳印，也就是說，闖入者一定是從辦公室的門逃出去的，而不是窗戶，更何況窗戶面向一條路，如果翻窗逃走，很容易被人撞見，風險太大了。

我問院長：「除了你和印刷工人外，還有人知道試卷樣本被送到辦公室的事情嗎？」院長表示無人知曉，就連自己的僕人也沒有告知。索姆茲先生接著又補充了一個情況，說雖然試卷送來之後，印度學生曾經進來詢問考試事宜，

但因為樣本是卷著的，所以他應該也不會知道院長桌上的就是試卷。

「根據已知的線索，我當即做出判斷，闖入者事先並不清楚辦公室裡面有一份試卷存在，他應該是在經過時從窗戶瞥見了桌子上的情況，而要做到這一點，有一個必要條件，那就是身體要達到足夠高度。華生，像你我這樣的身材只有踮起腳尖才能夠勉強看到辦公室內的情況，而我們面前的這位吉爾克利斯特不同，你也應該注意到了他異常高大的身材。」

「希爾頓．索姆茲先生不想延遲考試，因為這會影響學院的聲譽，而且他希望給闖入者一次改過自新的機會，不願意將事件宣揚出去。我決定讓焦急萬分的院長帶我去逐個拜訪一下他的學生們……」

「我瞭解你的用意，只要確認了學生中誰的身材最為高大，誰就最有可能是闖入者。」我插話道。

「你的推斷沒錯，但還不夠全面。我手上還有重要的線索，那就是闖入者殘留下來的一小段鉛筆，和一些被削下的鉛筆木屑，其中一小塊較為完整的木屑上有兩個字母並列的字母『ｎ』，我想到了英國著名的鉛筆製造商『Ｊｏｈａｎｎｆａｂｅｒ』，這種鉛筆造價不菲，兩個『ｎ』極有可能就是『Ｊｏｈａｎｎ』一詞的末端。我想在三個學生的房間找找看，是否他們也有相同的筆。

離開辦公室之前，我再次查看了桌面上重物留下的細長劃痕，發現劃痕末端有一些不易覺察的小洞，很不規整，像是被細釘隨意扎出來的。」

「為了應付考試，三個學生都在各自的臥室看書。其實當我來到你的房間之後，我就將你認為是嫌疑人，」福爾摩斯對來訪者說，「因為在你的牆上掛著一付用來練跳遠的釘鞋。我聽院長介紹說你是一位刻苦訓練的優秀運動員，每天上午都會抽出時間去操場進行練習。」

來訪者信服地點了點頭，而我卻大惑不解，問：「釘鞋與此案有什麼必然的聯繫嗎？」

「不要著急，我的朋友，我先賣一個關子。我當時裝作是一個由院長帶著參觀學院古老建築的遊客，吉爾克利斯特很熱情地迎接了我們，我向房間的主人借了鉛筆和紙，像個建築愛好者那樣開始有板有眼地描繪起了房屋的結構，我發現手中的鉛筆與辦公室裡發現的並不一樣。我們接著又以同樣的方式造訪了年輕的印度人，也沒有發現相似的鉛筆。他不像樓下的同學那樣熱情，一語不發，表情冷淡。」

「有趣的是，我們在最高一層樓吃了閉門羹，當院長敲響邁爾茲·麥克拉倫的房門，裡面卻傳出粗暴的吼聲：『明天就要考試了！去你媽的！少來打擾

我。我不管你是誰！』我不以為意，因為懷疑目標已經可以確認，見不見第三個學生事實上已經無所謂。但院長先生被激怒了，他氣呼呼地走下樓梯，麥克拉倫的舉動更加深了他的懷疑。」

「接著，我們來到了僕人班尼斯特的房間，他緊張的狀態令我印象深刻，不禁起了疑心。我們見到他的時候，他坐在床上，臉色蒼白，全身微微發抖，顯然還沒有從試卷被動過的陰影之下擺脫出來。班尼斯特大概五十多歲的樣子，頭髮已經全白了，鬍鬚刮得很乾淨。」

「我問了他幾個問題，他說他沒有見到有人進入辦公室，也不曾把試卷的事情告訴任何人。我在辦公室裡曾注意到一共有三把椅子，其中一把臨近臥室，顯然有被搬動的痕跡，班尼斯特說他感到不舒服時就坐在這把椅子上。我雖然對他心存懷疑，但並沒有做更多的猜想。」

「為了確認我的推斷，我還有一些工作需要在晚飯前做好，如果順利的話，我當晚就可以揭示出事情的真相，但我並不打算馬上將想法告訴焦急的院長先生，因為我想給犯錯者足夠的時間反省自己的行為，或許，當天晚上他就會主動去找院長供認自己的過錯。」

「哦，福爾摩斯先生，您是多麼仁慈啊。當天晚上，我很想去找院長，卻

缺乏勇氣，可是我也做出了決定，第二天我將主動放棄考試，不再去競爭獎學金。正如您第二天所知的那樣，當時我已經通過了政府的考試，有機會來到南非，在羅得西亞的駐軍中謀得一份差強人意的職位。」來訪者慚愧地說。

「你的決定很明智，而且你現在確實也在仕途上有所發展。現在繼續講述往事吧。」當我準備和院長先生告別，他表現得十分不滿，失望地大喊起來：「上帝啊，大偵探先生，你要走了？可是事情還沒有一個清晰的頭緒呢！如果找不到偷看者，我將不得不取消考試。」

我安撫道：「不要擔心，請讓考試繼續進行。明天吃過早飯後我就會來拜訪你，到時將帶給你事件的真相，那個闖入者的身分也將會水落石出，想必不會耽誤重要的希臘文考試。請相信我。」

離開了學院古老的建築，我一連造訪了幾家文具店，詢問關於鉛筆的資訊，可是並沒有再得到什麼重要的線索。一路上，我都在想著那位受驚的僕人，總是覺得他在案件中也佔有一席之地，尤其他感到不舒服時所坐的椅子位置很奇怪，為什麼他偏偏選擇了靠近臥室門的椅子呢？我百思不得其解。

「離開了文具店，我又來到了操場，那地方我之前散步時經過了幾次，隱約記得在操場的一角有處專供跳遠練習的場地。如果我的推斷沒有失誤，我會

在練習場找到我想要的東西。」

「我知道，你想要在那裡找到金字塔狀的小泥團，就像在辦公室和臥室裡發現的一樣，」我驚喜地說，「我年輕時也練習過跳遠，為了防止運動員意外滑倒，跳坑裡通常會鋪上撒有黃色鋸末的黑色黏土，黏土有可能被釘鞋黏帶到了辦公室和臥室裡。」

「你說的完全正確。如果將桌子上的劃痕與跳鞋聯繫起來，事實就更清楚了，我們剛才都聽到，吉爾克利斯特說他把鞋子放在桌面上，劃痕與劃痕下面的小洞自然就是鞋釘磕碰出來的。」

到達院長辦公室的時候，不出我所料，索姆茲先生在房間裡不安地走來走去，現實的情況已將他逼到了進退兩難的絕境。看著他坐立不安的狀態，或許只有我掌握的真相能夠拯救他。他馬上迎了過來，緊握我的雙手。我說：「考試可以照常進行，但我們不能讓偷看者參加。」我雖然還不能完全確定，但我還是請院長親自將自己的僕人叫了過來。

我坐在辦公室裡等待著班尼斯特的到來，有意表現出了異常嚴肅的神色。老僕人一看到我的樣子，被嚇了一跳。他後退了一步，低下了頭。

我說：「請先關上門吧，現在你可以坦白昨天下午的真實情況了。」

聽了我的話，班尼斯特的臉完全蒼白了。我的恐嚇起了作用，也認定了自己的判斷。他一時語塞，我接著質問道：「你昨天一進到房間就發現了闖入者遺落在椅子上的某件東西，你正巧認識那件東西，所以你便坐在了上面來掩護闖入者不被發現，是不是這樣？然後，你趁索姆茲先生離開來找我的時候放走了躲在臥室裡的人，我說的沒錯吧？」

「班尼斯特啞口無言，過了一會兒才低聲說了一句『是手套』。我接過他的話說：「是吉爾克利斯特的手套！」

「他聽完後瞪大了眼睛，完全不知所措。同樣感到震驚的還有院長先生，他不敢相信自己的耳朵。為了證實真相，我們把吉爾克利斯特叫來了，他對自己的所作所為供認不諱，而他犯錯的過程一開始我們就瞭解得很清楚。華生，想必你還有一點困惑，你一定想問：為什麼班尼斯特會幫助吉爾克利斯特？這一點我起初也不是很清楚，直到老僕人道出了他與年輕人的淵源……」

「班尼斯特曾經是我們家族的管家，從小看著我長大的。在我父親破產之後，他便來到學院，我沒有想到日後會遇見他。班尼斯特和我的感情很好，在學院裡也一直在盡可能地照料我的生活，而那雙手套正是他送給我的……」來訪者動容地說，「前幾年，我得知他已經去世了……」

case 07

六座拿破崙半身像

不同地點的四座拿破崙石膏像連遭盜竊，並被惡意砸碎，在第四座石膏像被盜之地，竟還躺著一具鮮血淋漓的屍體。

這究竟是偏執狂所為，還是另有陰謀？出自同一廠家的拿破崙石膏像另有兩座，它們的命運又如何？

彼特街，倫敦一個很繁華的街區。一個死氣沉沉的早晨，這個小巷子裡發生了一起兇殺案，而發生的具體地點就在賀拉斯．哈克先生家。

賀拉斯．哈克先生是中央報刊的記者。一天夜裡，他像往常一樣在書房寫稿。大概在淩晨三四點時，他突然聽到房間外面有說話的聲音，聲音很快地消失。但不一會兒，他又聽到一聲淒慘的喊叫，鎮靜了之後，他便隨手拿起一根通條（用來通爐子或槍、炮彈等的鐵條）走下樓去，想看看究竟發生了什麼事情。

他走到一樓房子裡，發現四個月前他在高地街驛站旁邊一家商店購買的拿破崙半身像不見了，而且房屋的窗戶大開著。懷著滿心的疑惑，他想靠近點一看究竟，不料卻差點被地上的一個東西絆倒。趕緊取來燈一看，結果發現一具屍體橫躺在地上，死者滿臉都是鮮血，嘴大張著，脖子上還有一個大洞，膝蓋彎曲著。哈克先生趕忙吹起了警哨，隨後昏暈了過去。

雷斯垂德警長得到通報，馬上趕到哈克先生家，封鎖了現場，並立即展開調查。他致電福爾摩斯先生，請求他趕快到現場幫助調查。

這天早上，我的朋友福爾摩斯很早就敲響了我的房門，說我們要立即趕去彼特街，那裡發生了一件棘手的案情，可能跟拿破崙半身像有關。

說到拿破崙半身像，我立即聯想起這幾天已經發生的兩起有關砸碎拿破崙

半身像的案子。前兩天，雷斯垂德警長還來找我們談那兩起蹊蹺的事情。我記得他當時還拿著工作日誌，跟我們詳細講述了那兩起案件。

一起是發生在康寧頓地區的冒斯．賀得遜商店，這個商店專門出售一些圖片和塑像。有天，店員剛離開櫃檯沒多久，就聽到商店裡傳來東西撞擊的聲音，他趕快回櫃檯查看，發現櫃檯上一尊拿破崙半身像已經被打成碎片。他急忙跑出店面，想看看砸碎塑像的那個人長什麼樣子，但路人告訴他只看到一個人匆匆忙忙地跑出來，並沒看清楚他的模樣。店員立即報警，但是因為一尊拿破崙半身像只值幾個先令，員警並沒有特別立案調查。

沒幾天，又發生了一起有關拿破崙半身像的案子。那是在泰晤士河岸一家著名的醫生巴爾尼柯家。

巴爾尼柯非常崇拜拿破崙，家裡到處都擺放著關於拿破崙的繪畫、書籍和塑像。由於賀得遜商店出售的拿破崙半身像非常有名，是模仿法國著名雕刻家笛萬的作品，他當即購買了兩尊。一尊放在康寧頓街住宅的大廳裡，另一尊安置在下布列克斯頓街分診所的壁爐架上。

一天早上，巴爾尼柯醫生突然發現大廳裡的拿破崙塑像不見了，大廳裡除了這尊塑像外並沒有丟失其他東西，在住宅區的花園裡，他發現了那尊拿破崙

半身像的碎片。之後他又去了下布列克斯頓街的分診所，驚訝地發現在壁爐架上的那尊拿破崙半身像已被撞得粉碎。

當時我們還在探討，是否那個撞碎拿破崙半身像的人存在一定的精神偏執或者某種疾病，否則怎麼只是將它撞成碎片？我們還從心理學等角度來解釋這種現象。

福爾摩斯搖頭說：「如果是精神偏執，他應該不會專門去調查這些半身像所在的位置。這個人的行動可能還存在一定的規則。」他還對雷斯垂德警長說，如果有半身像的其他相關資訊，麻煩雷斯垂德警長告訴他。

所以在早上，福爾摩斯接到雷斯垂德警長的電報，就推測可能與拿破崙半身像有關。我們立即驅車趕到案發現場，現場已經有很多人，福爾摩斯和我在夾縫中一步一步地挪向屋內走去。

「看，這裡還有很多腳印。而且死者蜷縮著肩膀，很有可能就是謀殺。咦，你看這是怎麼回事？上面的臺階怎麼像沖洗過一樣，下面的臺階卻是乾的？」

我們帶著疑問走向了雷斯垂德警長，「先生，這個案件可能要複雜得多。」他神色嚴肅地接待了我們，並帶我們去看這間房間的主人賀拉斯．哈克先生。

哈克先生好像還沒從噩夢中驚醒過來，他神態緊張，嘴裡一直嘀咕著：「我一生都在搜集別人的新聞事件，沒想到今天新聞卻發生到自己身上。如果我是以記者的身分寫自己的話，那晚上我還可以寫出兩個專欄。但是今天真的發生了這樣的事，心情實在不能平靜，我非常不安，真的無能為力了。」

他的表情很痛苦，但還是向福爾摩斯講述了他看到的一切。待哈克先生把他的所見所聞告訴福爾摩斯之後，就沉默地坐在書桌開始撰稿，而福爾摩斯則和雷斯垂德警長探討案情。

「知道誰是被害者嗎？」

「現在還不知道。」

「現場發現了什麼？」

「死者應該不超過三十歲，身材健壯，臉色發黑，穿著很隨便，但也不像是工人。在他身旁的血泊中，有一把牛角柄的折刀。他的口袋裡還有一根繩子、一個蘋果，一張倫敦地圖，對了，還有一張照片。」

雷斯垂德警長說著就把這張照片給了福爾摩斯。照片是用小照相機拍攝的，上面的人看起來神情頗為機智，但是口鼻都很凸出，樣子非常特別，像一隻大猩猩的面孔。

「那找到那座半身像了嗎？」福爾摩斯看過照片之後問道。

「找到了。剛剛他們在堪姆頓街一所空房子的花園裡找到了，已經被打碎。我們去看一下。」

「好的。」福爾摩斯又認真檢查了一下地毯和窗戶，「看來這個人的身手挺靈活的，窗子下面地勢那麼低，要跳到窗臺上打開窗戶需要身手很靈活才行。」說著，我們一行就朝著半身像被打碎的地方走去。

走了大約二三百碼，我們就看到了那尊被打得粉碎的半身像了，只見細細的碎片靜靜地散落在地面，可以看出當時那個人用了非常大的力氣，情緒肯定也相當激動。福爾摩斯撿起幾片小碎片，仔細查看了一番。他的表情淡然又自信，一定是查到了什麼線索。

雷斯垂德警長看著他，問他發現了什麼。

福爾摩斯笑了笑，聳了聳肩：「應該說現在我們已經掌握了一些線索，也可以推測出對於犯人而言，這些拿破崙半身像意義重大，他甚至可以為了這座塑像殺人。而且還有一個非常重要和奇妙的細節，他為什麼在拿到塑像之後不在屋裡或附近打碎，而是來到這麼遠的地方？」

「可能是他當時非常慌張，抱著塑像就跑出來了，然後到了這個空房子？」

「但是在這條街入口就有一棟空房子，他為什麼不在那裡打碎呢，而且他還抱著塑像，跑得越遠就越有可能被別人遇上？」

雷斯垂德警長搖了搖頭，沒說一句話。

福爾摩斯抬頭看了一下路燈，「這可能是個理由。在路燈下他能看得見，在那個地方他看不見。」

「好像確實是這樣。」雷斯垂德像想到了什麼似的，「我記得巴爾尼柯大夫的塑像也是在離燈光不遠的地方打碎的。難道這有什麼意義嗎？」

「先記下來，說不定以後會用得上，」福爾摩斯說道，「你準備下一步做什麼呢？」

「先弄清楚這個死者究竟是誰，然後再調查昨天晚上他和誰在哈克先生家的臺階上，從而找到那個殺人犯。」

「好的，雖然我的查案方式可能會和你的不一樣，不過，你還是做你的，不要被我影響。我們還可以多多交流意見，但是，雷斯垂德警長，你的那張照片借我用一下，明天就還給你。」

「好的。」雷斯垂德警長說完，就帶著辦案人員離開。

「華生，我們也出發。先去高地街，賣半身像的哈定兄弟商店。」待我們到達哈定兄弟商店，店員說哈定先生下午才會過來，我們要等到下午才能瞭解

一些情況。

福爾摩斯有些失望，「既然如此，那我們先去康寧頓街賀得遜先生的商店，看能不能得到一些關於半身塑像的線索。」

坐上馬車，福爾摩斯還跟我說：「華生，你肯定能猜到我為什麼要查這些半身塑像。我就想解釋為什麼這些塑像會被砸碎，這背後肯定存在著什麼理由。」大概一個小時之後，我們來到賀得遜先生的商店。

對自己的塑像被砸碎的事情，賀得遜先生還耿耿於懷，內心充滿了憤怒，「實在是太不像話了。這些強盜簡直無法無天，更糟的是那些員警，出了事還什麼都不管。既然這樣，我們為什麼還要納稅？」

他的語氣中充滿了憤怒，臉色漲紅。福爾摩斯詢問他是否曾經賣給巴爾尼柯大夫兩座拿破崙半身塑像。

「是的。」

福爾摩斯又問他：「那你的塑像是從哪裡弄來的？」

他嘀咕著：「這好像和那件事沒關係吧，但既然你想知道，我就告訴你。斯捷班尼區教堂街有個蓋爾得爾公司，這個公司的塑像在石膏塑像業非常有名，我就是從他們公司買來的。當時就買了三個，賣給巴爾尼柯大夫兩個，自己留

了一個，但卻被人給打碎了。」

「這張照片上的人你認識嗎？」福爾摩斯拿出照片問道。

賀得遜先生仔細看了看照片，答道：「也可以說認識吧！他是倍波，是個義大利人，在我的店裡工作過，他手藝很不錯，雕刻、鍍金、做框，他都會，而且還做得很好。但是他上星期就已離開這裡，也沒人知道他去了哪裡。」

「好的，謝謝你，賀得遜先生。」

我們辭別了賀得遜先生，便驅車趕往他剛才提到的斯捷班尼區的蓋爾得爾公司。福爾摩斯說：「現在可以肯定的一點是倍波參與了康寧頓街和肯辛頓的兩個案子。我們看能不能在蓋爾得爾公司得到一些其他資訊。」

◈

蓋爾得爾公司位於泰晤士河沿岸的一個市鎮上，工廠相當大，到處都擺放著石像等等的東西，還有五十多個工人正在工作。

工廠的經理應該知道福爾摩斯的名聲，他對我們非常有禮貌，回答了福爾摩斯的所有問題。

他告訴我們，用笛萬的大理石拿破崙半身像總共做了幾百座，在去年賣了六座。其中三座賣給了肯辛頓的哈定兄弟公司，其他的賣給了冒斯．賀得遜，而且這六座是同一批貨，和其他的塑像並沒有什麼區別。

針對有人想毀壞塑像的事，經理覺得非常可笑，因為一座塑像批發價就六個先令，零售商可能會賣到十二個先令以上。他還解釋了拿破崙半身像的製作過程：首先從大理石頭像前後分別做模片，然後將這兩塊的模片拼合成一個完整的頭像，之後再把它吹乾保存。

但是當福爾摩斯拿出照片的時候，經理情緒立刻激動起來，他臉色發紅，緊皺著眉頭說：「這是個惡棍，他叫倍波，雖然他的手藝很好，但是品行不端。我們公司的信譽一直都很好，但就是因為他，員警來過這裡。他在一年前捅了個義大利人一刀，剛到工廠沒多久，就把員警招來。後來，員警就帶走了他。」

「定罪了嗎？」

「他沒把那人捅死，所以就被判刑關一年。他還有一個表弟，你可以找他問問倍波的情況。」

「不用了，不用了。麻煩你不要告訴他表弟這件事。」福爾摩斯神情突然嚴肅起來，「剛才我在你查帳的時候，看到賣出塑像的日期是去年六月三日，

那個時候倍波被逮捕了嗎？」

「我查一下工資的帳單，請稍等。」經理翻了翻帳單之後告訴我們說：「他的工資到五月二十號，之後就沒有了。」

「好的，非常感謝您。」我們將要離開之際，福爾摩斯又拜託經理不要告訴任何人有關我們的調查。

下午四五點鐘，我們才匆匆吃了午飯。「賣報了，賣報了，肯辛頓兇殺案，瘋子殺人。」門外的報童大聲吆喝著，很多路人都紛紛駐足買報。看來哈克先生的新聞已經被刊登出來。

我們買了一份報，福爾摩斯邊吃邊看，還時不時發出嬉笑聲。「華生，只要會利用報紙，就會發現報紙是一種非常珍貴的工具。你看這段，哈哈，『我們很高興地告訴讀者，在這件案子上，官方偵探雷斯垂德先生和民間偵探福爾摩斯先生不存在任何分歧，他們一致認為這樁事件是由於犯人精神失常造成的，而非蓄意謀殺。』」

福爾摩斯還在笑著：「華生，我們把握時間，等等到肯辛頓的商店與哈定先生見面。」

讓我們意外的是哈定先生非常瘦弱、個子很矮，但是看起來很精明能幹。

他告訴我們，他看了報紙上的報導，哈克先生的那座塑像確實是從他那裡買走的。另外，他總共從蓋爾得爾公司買了三座，其餘的兩座一個賣給了齊茲威克區拉布諾姆街的卓茲雅．布朗先生，一座賣給了瑞丁區下叢林街的珊德福特先生。

福爾摩斯還詢問了他是否認識照片上的人。

「我沒見過，這個人的長相很奇特，如果見過，我肯定能記住。」哈定先生說。

「你的店員中有義大利人嗎？」

「有，大概有幾個吧！他們是工人和清潔員。」

對於哈定先生的回答，福爾摩斯先生非常滿意。他才向哈定先生表示了感謝，我們就急匆匆地趕回去，因為和雷斯垂德警長約好了晚上見。

雷斯垂德警長已經等候多時，我們回到院子的時候看到他正來回踱步，表情嚴肅。

「福爾摩斯先生，情況如何？」

「塑像的情況都弄清楚了。今天去了很多地方，批發商、零售商那裡都跑過。你那邊情況怎麼樣？」

「我這邊也不錯，我弄清了死者是誰，還查明了犯罪的原因。」

「那太好了！」

「是的。我們有個偵探薩弗侖．希爾，他根據死者的膚色以及脖子上的天主像，一下子就認出死者是彼埃拙．萬努齊。萬努齊是名強盜，來自那不勒斯，他和一個祕密的政治組織黑手黨有關係。那個殺他的人可能也是黑手黨中的一員，萬努齊可能是在跟蹤那個人的時候被他謀殺。他口袋的照片可能就是為了確認那個人，他跟蹤那個人到一間房屋，等那個人出來的時候就衝上去抓住，然後在扭打中被殺死。先生，這樣的解釋可以吧？」

「很好，那半身像你怎麼看？」

「還記著半身像？那應該就是小偷竊事件，頂多關在監獄半年，根本不算什麼。我們已經把這個案子調查清楚了，下一步就是去逮捕照片上的人。」

「雷斯垂德，我想在你去逮捕照片上的人之前，今晚先和我們一起去趟齊茲威克區，可能會有意想不到的收穫。明天我再陪你去義大利區捉拿罪犯，今晚的事刻不容緩。」

福爾摩斯讓我幫他叫一個緊急通信員，寫了一封信，就走上閣樓。在他上閣樓前，他告訴雷斯垂德今晚一起吃飯，大約十一點出發。

很長一段時間過去了，福爾摩斯從閣樓上走下來，帶著一臉的滿足感和勝利感，不過他隻字未提。但是根據我的觀察，他應該在等那個罪犯，而今晚的齊茲威克區就有一座拿破崙半身像。

在趕往齊茲威克區前，福爾摩斯讓我帶上手槍，他自己也拿著他最喜愛的獵槍。我們到達時，天色已經很晚，整個莊園一片漆黑，除了偶爾透出來的路燈微光。

福爾摩斯安排我們躲在木柵欄下面，然後低聲對我們說，我們可能會等很久，但是今天晚上，得到事情真相的把握非常大。

沒過多久，我們就聽到大門被推開的聲音，一個黑色人影迅速地跳進莊園裡。過了一會兒，只聽到「吱」的一聲，窗戶被打開，這個人影又跳過窗戶，進入屋內。隔著窗簾，我們看到一只深色燈籠的光一閃一閃的。

在我們還沒來得及行動時，這個人就拿著一個白色的東西走了出來，走到小路上有光的地方，四處張望了一下，然後就將手裡的東西猛地砸到地上，同時傳來響亮的撞擊聲。他很專心地做著這件事，以至於我們出現他都沒注意到。

福爾摩斯快步地撲到他身後，雷斯垂德和我立即抓住他並給他戴上手銬。等他扭過臉看我們的時候，我才發現他就是照片上的那個人，奇醜無比的面孔還在抽搐著。

此時，福爾摩斯將注意力轉移到了地面的碎片上，他蹲下身仔細地檢查著。那是一座拿破崙半身像，由於這個人的用力撞擊而全部都裂成碎片。正當我們查看碎片的時候，屋子裡的燈亮了，一個穿著襯衫和長褲、微胖的中年人向我們走來。

「你好，是卓茲雅・布朗先生吧？」福爾摩斯說。

「是的，你是福爾摩斯先生吧！我已經按照你急信上說的做了，非常高興能抓到這個盜賊。你們請到屋裡坐吧！」

毋庸置疑，福爾摩斯利用了晚報上的錯誤線索，讓這個人以為他可以繼續作案，沒想到被我們抓個正著。他看上去非常兇狠，頭髮亂蓬蓬的，眼睛還兇惡地注視著我們，但是卻不發一語。

在他的身上，我們還發現了幾個先令和一把刀子，刀身很長，上面還有血跡。雷斯垂德警長要把犯人押到安全的地方，在分開的時候，雷斯垂德警長還是對福爾摩斯的做法表示懷疑，「好吧！事情就這樣了，我們會給他定罪的。但我還是沒明白您這樣做是怎麼回事。」

「先生，時間太晚了，明天晚上六點鐘到我家裡來，我會講清楚的。」福

爾摩斯說著，我們就動身回貝克街。

路上，福爾摩斯還說這件案子實在很獨特，如果我可以記載下來，會非常有紀念意義。他顯示出很滿足的樣子，但是又接著說：「還有兩件小事有待解決，弄明白了這個案子就可以結束。」

第二天下午，一個鬍鬚灰白的老年人過來找福爾摩斯，他拿了一個袋子，進屋之後就把袋子放在桌子上。

「福爾摩斯先生，你要的東西我已經帶來。」

「珊德福特先生，非常感謝你。」

「很抱歉，我的火車遲到了。但這是你的信吧，您說要一座模仿笛萬雕塑的拿破崙半身像，我感到很疑惑的是，你怎麼知道我有一尊拿破崙半身像呢？」

「先生，我是從哈定先生那裡知道的，他還告訴我您的地址。我願意付十鎊買下它。」

「我必須很誠實地告訴你，買這座塑像只花了我十五先令，你要花費十鎊紙幣，想清楚了嗎？」

「珊德福特先生，非常感謝你的真誠，但是我既然已經說了，就肯定要這樣做。這是買賣協議，麻煩你在上面簽字。當然，你一旦簽字，就表明這個塑像的所有權已經轉讓給我，他們可以作證。」

珊德福特先生簽了字，拿了十鎊紙幣，並把拿破崙半身像從袋子裡取了出來，然後告辭。

不一會兒，雷斯垂德警長趕到，他給我們詳細介紹了犯人的情況。犯人確實叫倍波，他非常擅長做雕塑，但他偷過東西、還有一次他捅傷了一個義大利人，品行不好，人們也都知道他是一個混蛋。

員警發現毀壞的雕塑都可能是他在蓋爾得爾公司時親手做的，但是對於毀壞的原因，他隻字不提。

福爾摩斯很有禮貌地聽著，但是我隱約覺得他的眼神透露著不安和希望。等到雷斯垂德警長說完，他就走到那座塑像面前，拿起獵槍，朝著塑像射去。

塑像很快就碎裂了，我們每個人都處於驚訝之中，福爾摩斯卻拿起裂碎的塑像片，得意地笑起來。我們看到他拿著的碎片裡鑲嵌著一顆黑色的東西，就像一顆黑葡萄一樣。

「這是怎麼回事？」大家驚魂甫定。

「現在我就把這顆著名的包格斯黑珍珠介紹給大家。」福爾摩斯大聲說道，而我們像看一場演出一樣，莫名其妙地突然地鼓起掌來。

福爾摩斯向大家鞠躬，他指著那顆黑色的東西說道：「這就是世界上最著名的黑珍珠。我真的很幸運能夠從拿破崙半身像上找到它。想當年，這顆黑珍珠丟失的時候還引起了巨大震憾，但是當初怎麼都沒有找到。」

他看著雷斯垂德，笑著問：「是吧，雷斯垂德先生？你們還詢問過我，但是我也沒幫上什麼忙。我懷疑過王妃的女僕蘆克芮什雅．萬努齊，也查出來她在倫敦還有一個兄弟，可是由於當時沒有弄明白他們之間的聯繫，所以也沒找到黑珍珠。」

「如果我猜的沒錯，前兩天被殺害的那人就是蘆克芮什雅．萬努齊的兄弟。這顆黑珍珠當年就到了他的手裡，但是被倍波偷走或者是他和倍波同謀拿走了黑珍珠。因為據報紙上的報導，黑珍珠是在倍波被捕兩天前丟失的。倍波拿到黑珍珠之後，又因捅傷了人遭到員警的追捕，他被捕獲的時候正在蓋爾得爾公司做雕塑，必須把珍珠藏好，當時正好有六座拿破崙塑像在吹乾，其中有個塑像還是濕的，倍波就把黑珍珠藏在石膏像裡。他技術高超，沒人能看得出來。

隨後他即被員警帶走。」

「一年後，他出獄了，就開始四處尋找這六座塑像。他有個堂兄弟還在蓋爾得爾公司工作，透過堂兄弟他調查到這六座塑像的下落。憑藉他做雕塑的技藝，他又到冒斯·賀得遜公司工作，查到這三座塑像的去處，等他找到的時候發現黑珍珠不在這三座塑像裡。他又借助其他義大利的雇工，弄清楚了其他三座塑像的下落。在哈克先生家尋找塑像的過程中，他被萬努齊先生跟蹤，萬努齊一直都認為是他把黑珍珠弄丟的，倆人發生了爭執，然後在搏鬥中他就刺殺了萬努齊。」

「那死者為什麼還要攜帶他的照片呢？」

「方便他尋找倍波吧！」福爾摩斯接著說道，「根據倍波每次砸碎石像都要在有光的地方，我覺得石像裡肯定藏著什麼東西，但是我又不能確定倍波是否找到了他想要的東西。既然哈克先生的石像只是三個中的一個，那倍波拿到他想要的東西的機率也只有三分之一，還有兩個石像呢。倍波在倫敦，他肯定會先從倫敦的石像入手，於是我發快信到卓茲雅·布朗先生家，請他協助我們的行動，然後在那天晚上我們就抓到倍波。直到那個時候，我才確定他還沒拿到想要的東西，而最後一座拿破崙半身像在瑞丁區，我就買下這座石像，直到

現在我才知曉，他想要找的就是這顆黑珍珠。」

福爾摩斯激動的臉龐泛著紅暈，我們都為他理性而富有邏輯的思考所折服。

案件就這樣水落石出，雷斯垂德警長讚歎他處理案件的巧妙手段，並邀請他明天參與審判。

他擺了擺手，說了聲「謝謝」，然後讓我將珍珠放在保險櫃裡，開始準備進入下一個案件。

case 08

紅圈會

詭異的房客沒有名字，沒有信件，沒有訪客，寸步不離房間，還不允許任何人以任何藉口打擾他，只透過門口的一把椅子來傳遞食物及生活用品，而且飯量極小。

除了房客自願支付極高的租金這點令房東太太欣慰外，其他任何一點都難免讓她心生疑慮，忐忑不安。

最近幾天，始終興趣廣泛的福爾摩斯又多了項新的工作，或許說愛好更合適。他總是樂此不疲：每天津津有味地閱讀倫敦晨報《每日新聞》的尋人啟事專欄。要知道，《每日新聞》上唯有這個專欄無奇不有，怪事奇聞、呻吟喊叫、廢話牢騷輪番上陣，簡直讓人頭暈，但是對大偵探福爾摩斯先生來說，這無疑是一個寶貴的獵場。他像一個勤奮的情報工作者，邊看邊記錄邊分析，只是每次真正對我們有用的資訊很少。

在過去的幾天裡，他一共成功「截獲」了三份重要情報：第一份，「不要著急，耐心地等待。正在尋找一種安全的通信辦法。目前，仍在此欄。G．」這是十天前的。第二份，「正在著手安排。稍安毋躁。不必擔心，黎明馬上到來。G．」此後一個星期什麼都沒有。直到昨天找到了第三份，「一切順利，麻煩已清理。尋找機會信號聯繫，勿忘暗號——一是A，二是B，以此類推。你很快會聽到消息。G．」這是昨天報紙上的。

今天沒有任何收穫，福爾摩斯卻並不著急，他很自信地說：「如報紙所言，我們再耐心地等等，應該很快就會有消息。」

說起來，這是件頗為神祕的案件，而介入這起案件，實屬偶然。

在倫敦大英博物館東北面的一條窄路奧梅大街上，有一座單薄的黃色建築，

瓦倫先生和瓦倫太太就住在這裡，瓦倫先生是托特納姆宮廷路莫頓威萊公司的計時員，每天兢兢業業上下班，但工資微薄，瓦倫太太於是把空房子整理出來，租給那些來倫敦工作或學習的外國人，以賺取房租補貼家用。只是，最近有一個奇怪的房客讓她頗為頭疼，無奈之下，她來到貝克街尋求福爾摩斯的幫助。

進屋之後她就絮絮叨叨地講了一堆關於那位令她憂心的房客的情況，諸如他總是喜歡在房裡走來走去，總是悶在房間裡不出門，每頓飯總是只吃一點之類在我們看來再正常不過的事，顯然這些絲毫也沒有引起福爾摩斯的注意，他儘管在聽，但手上一刻也沒有停下他正在進行的工作—把最近報紙上一些有趣的材料剪收在一個巨大的剪貼簿裡，並且編了索引。

房東太太見自己的問題沒能引起大偵探的興趣，就馬上改變策略，事實證明，她是對的。

「我的大偵探，費戴爾．霍布斯先生你還記得吧，他以前也是我的房客，你曾替他辦過案子，很漂亮的案子。」

福爾摩斯略一思考，回答說：「噢，對，事情很簡單。」

「他總是在我們面前稱讚您，說您神通廣大，還十分熱心，能查清那些沒頭沒尾稀奇古怪的事。當我發現情況，不知道怎麼辦才好的時候，就來找您了。」

我知道，只要您願意花費一點時間，沒有您辦不到的事。」

我想是瓦倫太太恭敬、真誠的態度最終打動了福爾摩斯，他歎了一口氣，雖然有點無奈，但是仍然真誠地表示願意提供幫助，他放下膠水刷子，在瓦倫太太坐的沙發對面拖開了椅子。

「好吧，說說到底怎麼回事，如果我要辦，我必須瞭解每一個細節，」他說，「別急，仔細想一下。最小的細節往往可能是最重要的東西。你剛才說，這個人是十天前來的，付了你兩個星期的住宿費和伙食費？」

儘管福爾摩斯極力引導她的思路，但可憐的瓦倫太太顯然被這個不同尋常的房客折磨得有點神經衰弱，她的話斷斷續續，我不得不將她講話的內容整理了一下：

大約十天前，瓦倫太太家來了一個年輕男子，中等身材，皮膚黝黑，嘴唇和下巴上有鬍子。他找到瓦倫太太問起有關租房的事。

瓦倫太太說頂樓有間小起居室和臥室空著，傢俱設施一應俱全，可以租給他，每星期五十先令。那位房客當即拿出一張十鎊的鈔票遞過來，說他可以每週付五鎊，但要瓦倫太太答應他兩個條件：

第一，他必須掌握房間的鑰匙；第二，他要求絕對的自由，就是說房東絕

不能以任何理由去打擾他。

那張鈔票顯然影響了瓦倫太太的思維，她當時就答應下來。在她看來，這兩個條件並沒有什麼特別，雖然事後她覺得匪夷所思。這位房客很快入住，然後就像消失了一樣。瓦倫先生、瓦倫太太、還有那個幫忙的小姑娘都沒有見過他一次。早上、中午、晚上，只聽見他急促的腳步聲走過去，走過來，沒完沒了。除了入住當天晚上他出去了一次之外，這十天來再也沒有人看到他走出過那扇門。

有幾個問題讓福爾摩斯頗感興趣，而往往他感興趣的地方都有重大的線索，諸如這個神祕房客的第一次外出，以及吃飯和採購的需要等，瓦倫太太盡她所知給了我們答覆。

「他那天回來已經很晚，我們都已睡了。他之前就對我說過，他回來得晚，所以我並沒有關上大門。我聽見他的聲音時，已經過了半夜。」

「關於吃飯的問題他特別說明過，到吃飯的時候他會先按鈴，聽到鈴聲我

們就把飯送上去，放在門外的一把椅子上。他會自己去取，吃完了會再按鈴，我們再上去從椅子上把盤子收走。如果他需要別的什麼東西，就用鉛字體寫在紙上留在門外的椅子上。」

鉛字體留言引起我們的興趣，看來他是有意想隱瞞自己的字體，但是被房東太太看到又有什麼關係呢？

瓦倫太太給我們看了幾張他留下的字條，第一天他要了《每日新聞》，之後他又分別要了肥皂和火柴。

「這樣看起來就相當有趣了。」福爾摩斯玩味地說，「寫字的筆是紫色，粗筆頭。寫好之後，紙是從這兒撕開的，所以『肥皂』這個字裡的『S』撕去了一部分。這能說明他非常小心謹慎。但是究竟為什麼呢？」

瓦倫太太仔細回想了之後，又補充說那位先生衣著講究，一副紳士派頭，英語很流利，但聽口音卻像是外國人。他沒有信件，也沒有人來找過他，除了隨身帶著一個深色大手提包以外，其他什麼也沒有。

福爾摩斯又問道：「你們有沒有進過他的房間，或者有沒有什麼東西是從他房間裡出來的呢？」

房東太太搖搖頭，想想又從包裡取出一個信封，信封裡有兩根燃過的火柴

和一個菸頭。

「這些是今天早晨在他的盤子裡的東西。聽說你總是善於從小東西上發現大問題，我就收起來了。」

福爾摩斯聳聳肩。「這個火柴沒什麼，」他拿著菸斗看了一會兒，「這個菸頭倒很怪。如你所說，這位先生上唇和下巴都有鬍子，那這菸頭究竟怎麼回事，菸頭已經銜破了，我想房間裡不會有兩個人吧，因為只有鬍子剃光的人才會把菸抽成這樣，否則哪怕只有一點鬍子都會被燒焦的。」

對這個假設瓦倫太太並不認同，因為房客每餐的食量很小，絕不可能有第二個人。福爾摩斯讓瓦倫太太先回去，有新的情況再來找我們，他答應一定負責到底，但瓦倫太太仍是一副擔心得不得了的神情，福爾摩斯用他那特有的催眠術般的力量安慰了她，很快瓦倫太太鎮定下來，終於稍稍放心地離開了。

◈

房東太太走後，福爾摩斯盯著那些字條緩緩地說：「這件案子似乎遠比它的表面現象奧妙得多。但我首先想到的是，現在頂樓裡住著的，可能同租房

間的根本是兩個人。首先是那個菸頭引起了我的懷疑，除此之外，你想，瓦倫太太說這位房客租下房間之後馬上出去過一次，而夜裡再次回來的時候，並沒有任何人看到。這難道不能說明什麼嗎，沒有人能證明回來的就是出去的那個人。而且，房東太太說租房間的人英語說得很好，而房內的人卻把火柴寫成了『match』（本應為『matches』），這種精煉的表達方式很可能是為了掩蓋不懂英語，至少不懂英語語法。」

「可是他不需要向外界聯繫嗎？」

「這正是問題關鍵，你忘了他第一天就要了一份《每日新聞》，這是他與外界唯一的聯繫，我有一個十分簡單的辦法。」他取下一本大書，書中都是保存下來的各家報紙的尋人廣告欄。「這個人獨自居住，寫信給他一定會暴露身分。要給他傳遞消息只能透過報上的廣告。幸好我只需要注意一份報紙。」

今天距離最後一條訊息已經過去兩天了，仍然沒有進一步的消息。

又過了一日，早上，我用完早餐去找我那位夥伴的時候，見他正站在壁爐旁的地毯上，臉上露出滿意的笑容，「我猜今天的報紙一定與眾不同。」

「看看這個，」他快步走過去拿起報紙遞給我。「『高房紅色，白色門面，日落之後。三樓左手第二視窗。G．』。我想今天一定會有重大線索出現……」

福爾摩斯話音未落，只見瓦倫太太突然氣衝衝地破門而入，看來，事情有了新的重大發展。

原來，瓦倫先生清晨去上班的時候遭人襲擊。大約七點的時候，瓦倫先生剛出大門就被後面跑來的兩人蒙住頭捆進了路旁的馬車，馬車飛馳了大約一個多小時，蒙面人打開車門，把他扔在了漢普斯特德荒地，可憐的瓦倫先生只得坐公車回家。房東太太見狀馬上就來找我們，準備立刻把那個給她帶來不幸的房客趕走。

福爾摩斯安撫著瓦倫太太衝動的情緒，「安靜一下，瓦倫太太。這件事遠比它表面上看到的複雜得多，也嚴重得多。很明顯，你的房客有危險，敵人就在你們房子的附近，今天上午的事情應該只是個誤會，他們要綁的不是瓦倫先生，他們看錯了，所以後來就把他放了。當然這只是推測，否則無法解釋。現在，我要去見見你的這位房客，瓦倫太太。」

「如果有人在外面，我想他不會開門，除非你直接闖進去，每次都是我下樓後才聽到他打開門鎖的聲音。」

「他不是要拿盤子進去的嗎，我想我們可以躲在一個地方看他拿盤子，你想一下，替我找個隱蔽的位置，最好不要引起他的注意。」

中午十二點半，我們來到瓦倫太太住宅外的臺階上。福爾摩斯環顧四周，繼而指著瓦倫太太家北側的一處建築，我順著他指的方向望去，只見高房紅色，白色門面。我們相視一笑，的確是這裡沒錯。

瓦倫太太引我們上樓，她安排的地方很好，是一處儲物間，正對那個房間，儲物間的門打開一條小縫，側面放了一面鏡子，位置恰到好處，正好可以看見神祕房客的門。

我們在黑暗中坐了片刻就聽見遠處響起了按鈴聲。不一會兒，房東太太端著盤子出現在樓梯上。她把盤子放在房門右邊的一張椅子上，然後很快離開，還故意發出很大的腳步聲。我們屏住呼吸，眼睛緊盯著鏡子。

過了估計有五、六分鐘，傳來鑰匙轉動的聲音，接著門把扭動了，一隻纖細蒼白的手迅速地伸向椅子，把上面的盤子端走。片刻，又把盤子放回原處。這時我看見一張陰鬱、蒼白的面孔上一雙美麗、驚慌的眼睛，使勁地盯著我們這間放雜物的屋子，也許她已經發現了這個不同尋常的門縫。然後對面的房門猛然關上，一切又恢復了平靜。福爾摩斯拉著我偷偷下了樓梯。

傍晚時分，在訊息中約定的時間，我們再次來到這個堆滿雜物的小屋，外面已經完全黑了下來，當我們向對面那個約定的視窗窺視的時候，那裡隱約亮

起一束暗淡的燈光。燈光下，隱隱有人影在移動，他手裡拿著蠟燭，頓了一下，接著開始晃動，那人準備發出信號。我和福爾摩斯開始默記，先是一下，是A，之後二十下，是T，然後又是二十下，是T，信號開始快起來，四下，是E，又二十下，T，最後是一下，A。是一串字母：ATTENTA，接著又重複了兩遍，連發三遍，應該是很緊急的情報，只是我們都不太明白這是什麼意思，難道是密碼聯繫？

突然福爾摩斯發出笑聲：「我想，是義大利文！『當心！當心！當心！』」

但是當心什麼呢，這時，黑影又移到了窗前，信號重新開始，比上次打得更快——幾乎記不下來。這次打的是——PERICOLO——這是危險的意思，接著又開始PERI……信號突然斷了……

對面的窗口突然陷入一片黑暗。我們一驚，急忙下樓，穿過霍伊大街，在霍伊大街公寓的門口，竟遇到了蘇格蘭場的葛萊森警官。

看到福爾摩斯，他也非常詫異。葛萊森警官介紹街角那位扮成車夫的萊弗頓警官給我們認識，這位年輕的警官來自紐約，從美國一路追蹤喬吉阿諾到這裡，他來到倫敦已整整一週時間。

直到這時，我們才知道原來這個案子和臭名昭彰的喬吉阿諾有關，喬吉阿

諾號稱「死亡」，來自義大利南部，是國際犯罪組織紅圈會的頭目之一，同時是五十件謀殺案的主犯，這次逃脫受到多國警方的聯合追捕。

福爾摩斯把我們遇到的情況作了簡要說明。在這之前兩位守在門口的警官曾見到三位男士從大門走出，但並未發現喬吉阿諾本人，略作商議之後，三位偵探決定親自上樓查看。

房間的門敞開著，裡面漆黑一片。待手提燈點亮的瞬間，我們都震驚了：在地板上，一條鮮紅的血跡觸目驚心，紅色的腳印一直通向內屋。內屋的門緊閉著，葛萊森猛地把門撞開：地板中央躺著一個男人，已經死去，一把刀插在他的喉嚨正中。他身材魁梧壯碩，面部已經完全扭曲，在他身體右側的地板上，有一把兩側均開刃的匕首，匕首旁邊還有一隻黑色手套。

「這是喬吉阿諾！」美國偵探喊道，顯然他非常震驚。

葛萊森警官和萊弗頓警官開始驗屍，福爾摩斯則走到窗邊，點燃了蠟燭，開始在窗前晃動，然後吹滅蠟燭，在其他兩人詢問的目光中，他說：「或許這樣做會更快地瞭解事情的經過。」

頓了一下，他又對美國偵探說：「你剛才說，你們在樓下等候的時候，有三個人從房子裡走出來，你看清楚他們了嗎？」

據美國偵探描述，這其中確實有我們要找的那個人，一個三十歲左右的青年，中等身材，皮膚黝黑，有鬍子，他是最後一個離開的。顯然現在只有他能解釋喬吉阿諾的死，只是要找到他並不容易。

這時一個女人出現了，三名偵探都回頭看著她，她站在門口，身材高挑、容貌秀麗，正是我們中午見到的那位房客。然後她慢慢走進內屋，臉色蒼白，神情憂鬱，驚恐的目光直瞪著地上的那個黑色軀體。

她深深地倒吸了一口氣，臉上的表情發生了戲劇性的變化。「你們把他殺死啦！謝天謝地，他終於死了！」她的激動和喜悅溢於言表，一陣歡欣鼓舞之後，她突然停下來問道：

「你們是員警吧？是你們殺死了奎賽佩．喬吉阿諾？那麼，根納羅呢？」她四處尋找著。「他是我的丈夫，根納羅．盧卡，我們從紐約過來。根納羅在哪兒？剛才是他在這個窗戶叫我來的。」

「叫你來的是我，」福爾摩斯說。「夫人，你的密碼並不難懂，我也在尋找信號突然中斷的原因，我知道，只要打出『Vieni』（意語『來吧』）的暗語，你就一定會來。」

這位女士輕輕地搖搖頭，似乎不太相信，她的目光又四下尋找著，當掠過

喬吉阿諾的身體時，她愣了一下，繼而驕傲地說道：「我現在明白了！根納羅，你是我的英雄，你親手殺死了這個魔鬼！根納羅，你真是了不起的男人！我太自豪了！」

「盧卡太太，」無奈的葛萊森打斷她，「如果這個人是你丈夫殺的，我們需要你提供一些有關本案的線索，而且這對你的丈夫是有利的，如果你認為他殺死喬吉阿諾不是出於犯罪的動機，而是出於自保或是其他一些正當的動機，那麼你能幫他最好的辦法就是把你知道的全部告訴我們。」

原來，盧卡太太原名伊米麗亞，出生在義大利南部那不勒斯附近的坡西利坡，她的父親是一名出色的法官，還曾當選當地的議員，在那一帶很有名望，根納羅就在她父親手下工作。

年輕英俊並富有朝氣的根納羅迅速獲得了這位前議員千金的愛情，但他卑微的身分受到女孩父親強烈的反對，所以他們私奔了，四年前在巴黎結婚，之後變賣首飾到了美國，很長一段時間都住在紐約。

他們在紐約的生活起初很窘迫，後來受到一位名叫卡斯塔洛蒂先生的關照，才慢慢有了起色，起因是根納羅曾在幾個暴徒手中救了這位先生，卡斯塔洛蒂是紐約一家主要水果進口公司的兩個合夥人之一，由於另一位合夥人身體不好，所以公司其實是由這位先生掌握的。他為盧卡先生找了工作，並叫他主管一個門市部。單身的卡斯塔洛蒂先生似乎把根納羅當成自己的兒子，在各方面都對他很好，盧卡夫婦也像對待父親一樣尊敬並愛戴他，直到有一天喬吉阿諾出現。

在盧卡太太眼中，喬吉阿諾無疑是個可怕的人。他身材壯碩，力大無窮，眼神兇猛，內心殘忍。他頻繁地出入盧卡先生和太太的家。

終於有一天，根納羅強烈的恐懼和不安引起了他太太的警覺，他將自己的祕密全盤托出：在他年少的時候曾有過一段灰暗的生活，在那狂亂的日子裡，他加入了那不勒斯的一個犯罪組織，即紅圈會，這個組織的誓約頑強狠毒，一旦加入終生不得退出，必須對組織言聽計從，否則背叛者及其親屬都會遭到兇狠的報復。

剛到紐約的時候，盧卡先生曾認為自己同過去的生活已經一刀兩斷了，沒想到噩夢還是找到了他，那個古怪兇狠的喬吉阿諾就是當年帶領他入會的人，如今已是紅圈會的頭目之一，因為受到義大利警方的追捕所以躲來紐約，並很

快在這裡建立了恐怖組織新的分支機構。不僅如此，盧卡先生還收到一張組織集會的通知，他必須應命前往。

就在盧卡先生去參加集會之前的一天晚上，他下班回家，竟然發現喬吉阿諾正試圖非禮自己的太太，根納羅怒不可遏，衝了過去，但他根本不是野獸的對手，很快地被打昏在地，喬吉阿諾也趁機逃走，直到集會前都沒有再次出現。

不料，集會就是報復的開始。紅圈會的資金是靠訛詐有錢的人籌集的，他們已經盯上了盧卡一家敬重並感激的卡斯塔洛蒂先生，由於這位正直的生意人拒絕屈服於威脅，並且將事情報了案，紅圈會決定懲罰他，用炸藥把人和房子一同毀滅。時間就定在第二天晚上，狡猾的喬吉阿諾還設計讓根納羅抽到了那支代表著殺人命令的紅籤。

盧卡夫婦極端痛苦，要不就要去殘害恩人，要不就等待組織的報復，萬般無奈之下，他們連夜逃到了倫敦。

喬吉阿諾窮追不捨，像影子一般緊跟著他們，聰明的盧卡先生設計將太太安排在瓦倫太太的出租屋裡，自己開始和惡魔周旋，如同我們在報紙上看到的，他會不定期地透過報紙的尋人啟事向盧卡太太遞送消息，而可憐的盧卡太太除了擔心、無休止的擔心之外別無選擇，所以瓦倫太太聽到了那從早到晚不眠不

休的快速走路的聲音。直到根納羅先生做好準備一舉殺掉喬吉阿諾，盧卡夫婦的噩夢才終於結束。

對於盧卡先生是否會因此獲罪的問題，盧卡太太還是有點擔心，葛萊森警官的回答是：「如果事情屬實，我認為你或是你的丈夫的擔心可能有點多餘。」

有關紅圈會喬吉阿諾的案件就此落幕，在我跟隨福爾摩斯偵破的諸多案件中，這不能不說是一個傳奇。他由一些極其微不足道的細節入手，一路抽絲剝繭，直至完全破解這起跨國犯罪組織主要成員的追捕大案。

Sherlock
Holmes
神探
福爾摩斯 I

case 09

魔鬼腳跟

四兄妹夜晚在家玩紙牌，淩晨，妹妹僵死在椅子上，坐在她旁邊的兩個兄弟瘋瘋癲癲，又唱又叫，他們的臉上都呈現出一種極度驚恐的表情……其中一個兄弟僥倖逃過一劫。他隨後證實：在打牌時，他和另一兄弟都感覺窗外似乎有什麼動靜……

一八九七年三月，我和福爾摩斯向科尼什半島盡頭、波爾都海灣附近的一座別墅出發。這之前，他每天總是不間斷地工作，對自身健康狀況也很少關注。時間一長，再強壯的體魄也難以支撐得住。初春時節，他病倒了。醫生建議他暫時先放下工作，否則極度危險。對福爾摩斯來說，很長一段時間不能再工作，那自然是件折磨人的事，他於是打算選個去處呼吸一下新鮮空氣。

那座別墅四周風景秀麗，座落在一處嫩綠的海岬上，可以從窗戶遠眺芒茨灣的地勢。這個海灣呈半圓形，四周是懸崖和礁石，當吹北風時，它是個優良的避風港。當猛烈的西南風突然來襲時，這裡就變得異常兇險，不再適合避風。

科尼什半島上多沼澤地，教堂的鐘樓分散在各處，說明康沃爾這一帶曾有一些古老的村落，曾經居住在此的民族已不復存在，但遺跡無處不在，有奇異的石碑，零亂的埋藏死者骨灰的土堆，還有奇怪的土製武器。

見到這一切，福爾摩斯自然來了興趣。他每天都會外出走走，偶爾陷入沉思。對古代的科尼什語也頗感興趣，他過去曾對這種語言的來源做過某些推斷，這次準備潛下心來研究一番。

在離我們最近的特里丹尼克．沃拉斯村莊，一座佈滿青苔的古教堂被幾百戶村民的房屋包圍著。福爾摩斯認識了一個很有學問且熟悉當地情況的人，他

是教區牧師朗德黑先生，住在教區，是個考古學家，正處中年，儀表堂堂，態度和藹。在拜訪他住所的過程中，我們認識了莫梯墨·特雷根尼斯先生。他極瘦，又黑，戴著眼鏡，有些駝背，看上去顯得有點畸形。牧師的教區住宅大而分散，他靠租給莫梯墨幾間房增補自己的收入。

當天，特雷根尼斯似乎有心事，他不像牧師那麼健談，而是坐在椅子上，看著一邊，異常沉默，一副憂愁的樣子。

即便在這寧靜的夢幻仙境般的地方，我們也不可避免地陷入附近的一樁慘案中。這令我有些發愁，而我的朋友卻因此興奮不已。

一天早餐後，牧師和莫梯墨突然來到我和福爾摩斯的住處。那天是三月二十六日（週二），我們正打算去沼澤地看看，這是我們每天必做的事情。

牧師激動地告訴福爾摩斯，前一天夜裡出了件最奇怪而悲慘的事，之前從未聽說過。他顯得很驚慌，莫梯墨好一些，但也顯得很焦慮，雙手在顫抖，眼睛瞪得老大。

對這兩位不速之客，我不是很友好地看著他們，福爾摩斯則邀請他們在沙發上坐下來。

莫梯墨問牧師他倆誰來說比較合適，說話間，福爾摩斯從中看出這事是莫梯墨發現的，推斷牧師也是從他那瞭解的這事，於是他讓莫梯墨來說。二人對福爾摩斯的推論顯得很是吃驚。此時，我發現牧師的衣服是在匆忙間穿上的，而他的同伴則穿戴整齊。

牧師決定自己先說幾句，再看是否讓同伴詳敘，或者是否需要立刻前往現場。

牧師把事情說了一番。原來那夜，莫梯墨和他的兄弟歐文、喬治及妹妹布藍達在特里丹尼克瓦薩的房子裡，那所房子在沼澤地上的一個石頭十字架附近。四個人在餐桌上玩牌玩得很有興致。中途莫梯墨就先走了，他們並沒有住在一起。莫梯墨總是起得很早，這天早餐前，他在去往兄妹家的路上碰到了理查醫生的馬車，說是剛才有人請他快到特里丹尼克瓦薩看急診。他倆於是一同前行。

到達目的地後，莫梯墨發現他的兄妹仍然坐在桌旁，紙牌還在他們眼前，跟前夜他走的時候一樣。室內的蠟燭已燃盡。前夜身體還好好的三個人，現在卻成了一個死了的女人和兩個發了狂的男人。他們的表情顯得驚恐，那樣子非

常可怕，讓人不敢正視。當晚只有老廚師兼管家波特太太去過那間屋子，波特太太說自己睡得很熟，夜裡沒有聽到任何動靜，東西未丟失，也未被翻過。牧師說他無法解釋，不知道有什麼樣的恐怖，竟然能把一個女人嚇死，把兩個身強力壯的男子嚇瘋。

看見我的朋友那興奮的表情、緊縮的雙眉，我本想提醒他我們此行的目的希望落空了，可見他靜坐在那專心思考著這件怪事，我也無可奈何。

隨後，他追問了些相關問題。得知牧師本人並沒有去過那裡，他是聽回到住宅後的莫梯墨說的這件事，二人才一同前來。

事件現場離我們這一英里左右，福爾摩斯決定步行去看看，但他希望先向莫梯墨問些問題。

就在剛才的對話期間，莫梯墨未說過一句話，但他情緒很激動，這情緒似乎比牧師的莽撞情感更為強烈，可以看出他在盡力控制自己。他臉色蒼白，眉頭緊鎖，雙手緊握在一起，不安地看著我的朋友。在聽牧師講述的時候，他的嘴唇蒼白並顫動著，從他的雙眼裡似乎可以看出他對當時情景的某種恐懼。

福爾摩斯請莫梯墨也講講那天前夜的情況。

以下是莫梯墨的敘述：

「那天，在兄妹那裡吃過晚飯，哥哥喬治提議玩一局惠斯特（類似橋牌的一種牌戲）。我們九點鐘左右開始坐下打牌，我離開時兄弟和妹妹仍然玩得很開心，那會兒是十點一刻。波特太太已經睡了，我自己開門出去。房間的窗戶關著，百葉窗沒有放下來，這天早上，我也並未發現有人進過房間的痕跡。可是，他們仍舊坐在桌旁，兄弟倆被嚇瘋了，妹妹的頭垂在座椅上，她被嚇死了。那情景一直盤旋在我的腦海裡，至今揮之不去，哦，可能永遠都無法忘記。」

福爾摩斯問他對那怪事能否做出解釋。莫梯墨叫喊著說是魔鬼，是另外一個世界的某種東西進入室內，致使他們變成那樣。「如果那事是人辦不到的，那麼也是我們辦不到的；但在相信那種理論之前，還是得盡力用一切合乎自然的解釋。」福爾摩斯這樣說道。

那兄妹三人住在一起，而莫梯墨獨自居住。他肯定了福爾摩斯提出的說法，他和他們兄妹三人的確已經分家。他們一家原本住在雷德魯斯，都是錫礦礦工。後來，他們把企業轉賣給一家公司，手頭還算寬裕。莫梯墨也說出了當初他們為了分錢，有一陣子還鬧過不愉快的事情。但那事很快就過去了，大家又和好如初。

福爾摩斯讓他儘量回想出一些細節，多提供些線索。一開始，莫梯墨什麼

都說沒有。當我的朋友再次提醒他時，他想起了一件事。那天夜裡玩牌時，他背朝窗戶，他對面即他的哥哥喬治，喬治面向窗戶。有一會兒喬治一直往他背後看，惹得他也回頭看。雖然關著窗戶，但百葉窗未放下。他看見草地上的樹叢裡好像有東西在移動，也不知道是人還是動物。喬治說他似乎也有同樣的感覺，看見了什麼東西。

莫梯墨說當時沒太在意，所以也沒去查看。離開他們的時候也未發現任何凶兆。之所以第二天那麼早就得到消息，是因他習慣早起，早飯前會去散步。這天早上還未來得及散步就碰到理查醫生的馬車，醫生說是波特老太太叫一個小孩帶的急信。

他和醫生下了車後，一同看了那房間，蠟燭和爐火都已燒完。他們仍然坐在桌旁，還是原來的位置。醫生判斷布藍達至少死於六個小時前，沒有發現暴力行為的跡象。她帶著那副表情斜靠在椅臂上，兄弟兩人則像兩隻大猩猩，在那唱著、說著什麼，極為可怕。我難以接受，醫生暈倒在座椅上，臉變得煞白。

一開頭就有這麼多怪事，這類案子還真少見，福爾摩斯這樣說道。他決定立刻去現場看看。

那天早上，我們的調查沒有什麼收穫，但調查開始時發生的一件意料外的事令我感到極為不吉利。在前往現場的那條彎曲的鄉村小巷行走時，我們聽見一輛馬車從前方駛來。為了讓路，我們在路邊站著。一會兒，透過馬車車窗，我看見一張齜牙咧嘴的臉朝向我們，那張臉歪曲得可怕，並且瞪大了眼睛，緊咬著牙齒，那一瞬間看到的可怕情景讓我印象深刻。

莫梯墨說那是他的兄弟們，正準備把他們送到赫爾斯頓去。我們驚恐地盯著馬車漸去漸遠，隨後走向那座發生悲劇的住宅。

宅子是一座別墅，大而明亮，起居室的窗戶朝向宅子的大花園。莫梯墨說的那個霎時嚇瘋兄弟倆的惡魔似的東西必定出現在花園裡。福爾摩斯漫步在花園裡，一邊陷入沉思，而後又沿著小路查看，隨後我們走進門廊，碰到管家波特太太，一個小姑娘在她手下協助料理家務。

對福爾摩斯的提問，她很樂意地作了回答。那天夜裡，她沒聽到有什麼動靜。最近，主人家心情不錯。她在這天早上進入房間，便被圍在桌旁的兄妹三人的模樣嚇暈過去。醒來後，她便跑去開窗，隨後立刻跑到外頭小巷裡叫一個

村童去找醫生。

我們上樓看了布藍達・特雷根尼斯小姐的屍體。中年的她依舊漂亮，清秀的臉型透露著一絲俊美，但某種驚恐的表情仍遺留在她的臉上。

樓下的起居室便是那場不幸發生的現場。爐柵裡只剩下隔夜的炭灰，桌上有四支燃盡的蠟燭的痕跡和分散的紙牌，椅子已經被搬回靠牆，其他一切仍保留前一天晚上的樣子。

福爾摩斯在房間裡走了幾圈，又在那三張椅子上各坐了坐，拖動椅子看了看。在室內，他試著目測花園的能見範圍，而後查看地板、天花板、壁爐。但他的那種雙眼突然發亮、雙唇緊閉的表情一直沒有出現，顯然，他並未在黑暗中找到一絲光亮。

「在這樣的春天夜晚，這小屋一直都生火嗎？」福爾摩斯問道。莫梯墨回答說，那天晚上既冷又潮濕，他到之後就生了火。當被問及接下來打算做什麼時，福爾摩斯朝著我說，他想繼續研究菸草中毒，那是我經常指責並且被他認為指責得很正確的東西。我們隨即道別，回到自己的住處。

回到住所，我的朋友靠在椅子上拿起菸斗吸菸。他眉頭緊鎖，很是茫然。不久，他終於停止吸菸，跳起來打破了他的沉默。他笑著建議一起沿著懸崖邊

尋找火石箭頭。跟找那案件相關問題的線索來比，他說寧願去找火石箭頭，沒有充足的材料支撐，即使頭腦轉動也無用，這好比一部空轉的引擎，容易轉成碎片。大海的空氣、陽光，還有耐心才是我們所需要的，有了它們才會有別的一切。

我們沿著懸崖，邊走邊討論，他說我們要熟知已知的情況，這樣，有了新情況才可以使新知的和已知的對上邊。他確信，我們都不會相信那事件是魔鬼所為。他們必然是受到某種有意或無意的人類動作的嚴重襲擊，事情必定有充分根據。假如莫梯墨說的情況可信，那麼事情明顯是在他離開房間後不久發生的。我們就此設想那是在他走後幾分鐘之內發生的，紙牌仍放在桌上，那時也已經過了往常的睡覺時間，但兄妹三人仍舊坐在座位上，也未把椅子推到桌下。

接下來他需要調查一下莫梯墨離開之後的行動。不久前他故意笨手笨腳地絆倒澆花水壺的那一幕原來是為了得到莫梯墨清晰的腳印。那天晚上也很潮濕，很容易取得腳印，如此判斷他的行蹤並非難事。可以看出，他是朝牧師住宅那個方向快步走去的。

假設是窗外的某人驚動了他們三人，而莫梯墨當時已經離開，那麼怎麼找到那個人，那種恐怖他又是如何製造出來的？波特太太不可能參與這事。按莫

梯墨所說，可能有人爬到窗上，製造出某種恐怖效果嚇壞了室內的人，那麼證據在哪？那天晚上有雨，外面一片黑暗，他哥哥喬治看見窗外有動靜。可是，要嚇到室內的人，外面的人就不得不偷偷把頭貼近窗戶，但我們沒有發現窗外有腳印的跡象。

難點在於，窗外的人如何嚇壞室內的人，他如此這般費盡心思做出怪舉動的動機又是什麼？福爾摩斯分析了一番，我也認同他提出的這些疑點。

「可能還需要更多更確切的線索，」他說：「其實，我這邊許多案卷中也有一些暫未做出解釋的。」福爾摩斯準備先放下這個案件，上午剩下的時間暫且用來考察新石器時代的人。接下來的兩個小時，他似乎完全忘記了那個案子，身心放鬆下來，滔滔不絕地從口中迸出關於石鑿、箭頭、碎瓷器等話題。

下午回到住處，已經有一位客人在那裡等候。只見來者高大健壯，面部嚴肅而滿是皺紋，目露凶光，鷹鉤鼻，頭髮灰白，腮邊的鬍子呈金黃色，下唇附近的鬍子已經變白。看到這些，我們知道他正是列昂·斯特戴爾博士，著名的獵獅人、探險家，在倫敦和非洲，無人不知曉他。

我對他熱情地向福爾摩斯詢問那件事的進展感到非常吃驚。於是，我們又把注意力重新放回那個案件。

我們早就聽說他來到這個地方，有幾次還在路上看見過他，但沒有打過招呼，人們都知道他熱愛隱居生活。在布尚阿蘭斯森林裡，他有一小間房，結束旅行時他通常去那居住。平時，對附近發生的事情他一點兒也不關心，只把自己埋在書和地圖裡。

他探問福爾摩斯對那件事作何種解釋，希望他像對老朋友那樣全盤托出，因為從員警那他也問不出什麼東西。

「我經常在這經過，對特雷根尼斯一家非常熟悉。其實，我母親是科尼什人，這麼算來，我跟他們一家還是遠親。對他們的不幸我很遺憾，我本想去非洲，早上聽到這事，才又從普利茅斯趕回來，我想知道那究竟是怎麼回事。」

福爾摩斯問他這樣是否趕不上那趟船，行李是否已經放在船上，他在普利茅斯如何知曉這件事等等。客人說已經準備等下一趟船，只有幾件行李放到了船上，大部分還在旅店，自己是透過電報瞭解的此事。當被問起何人發的電報時，他顯然不是很願意回答，但最終還是定下神來，平靜地說是牧師朗德黑先生發的，並讓他趕回來。

聽到這，我的朋友委婉地說：「目前案件還難以全部解釋清楚，但非常有望得出結論，只是現在不方便說明，有點為時過早。」

客人隨即告辭，還帶著不太滿意這一回答的表情。福爾摩斯在他走後五分鐘立刻跟蹤了他。他晚間時分才回來，一幅疲倦、憔悴的樣子。這表示他的調查收穫不多。他看了幾眼那封已到的電報，隨後扔到爐子裡。

那封電報來自普利茅斯的一家旅店，他從牧師那得知的旅店名稱，旅店已證實斯特戴爾博士昨晚的確住在旅店，還送部分行李上了開往非洲的船，而後趕回來瞭解詳情。

雖然目前掌握的材料不全，但福爾摩斯和我都一致認為博士趕回來可能另有原因，而且是對他相當重要的原因。只是我還沒仔細去想，福爾摩斯需要多長時間才能揭開謎題，也不知道能給調查帶來新進展的情況有何奇特與危險之處。

◈

第二天早上，牧師從馬車上跳下來，徑自從花園小路跑來，他顯然很激動，大口喘著氣，我們迎上去聽他敘述另一悲劇事件。他比劃著大聲說整個郊區都被魔鬼纏住了，我們都落入了撒旦的魔掌之中等等。這聽起來極為可笑，可是

明顯能看到他臉色蒼白、眼神佈滿恐懼。

莫梯墨．特雷根尼斯死了，死後情況類似那三人，又一項可怕資訊從牧師嘴裡說了出來。

福爾摩斯即刻繃緊神經，我們準備不吃早飯，直接坐上馬車趕往現場。醫生和員警都在我們之後趕到，現場還保持著原樣。

莫梯墨租用牧師的大起居室、臥室都在住宅的角落上，一上一下，大起居室在下方。從兩個房間的窗戶都能望見窗外打槌球的草地。室內陰沉恐怖，極為悶熱，令人難受，先進室內的僕人把窗戶打開。室內中間有一張桌子，桌上有盞燈還在冒煙。莫梯墨死在桌旁，面部被嚇得歪不成形，跟他妹妹死後的情形一樣。他仰面靠在座椅上，黑瘦的面龐朝向窗戶，鬍子豎立，眼鏡靠近前額。四肢抽搐過，緊扭著手指，顯然當時處於極度恐懼中。衣服是穿好的，但有慌忙穿衣的跡象存留。他曾睡下，死於淩晨。

我的朋友一走進那所關乎性命的住宅，即刻緊張且警惕起來。他表情嚴肅，眼神有力，他奔走於草地、窗戶、房間四周、臥室和起居室之間，好似嗅覺敏銳的獵狗從僻靜處竄出。忽而他又推開臥室的窗戶朝外面興奮地大叫兩聲。而後又從樓下的窗戶鑽出去，躺著把臉貼近草地，一會兒又回到室內查看那盞燈

等，還量了燈盤的大小。蓋在煙囪頂上的雲母擋板他也用放大鏡查看了一番，他從附著在煙囪頂端的外殼上刮了點灰塵存進信封裡。

等醫生、員警到來後，福爾摩斯叫來牧師，我們三人在草地上邊走邊談。福爾摩斯說他的調查有了點結果。他委婉地說不能同員警一起討論事件，並請牧師讓檢察人員注意臥室窗戶和起居室那盞燈，將這兩樣東西聯繫起來便可以得出結論。他吩咐，倘若員警想進一步瞭解情況，可以去住所找他。

接下來的兩天內，我們並未從員警那裡聽到一絲消息，可能員警不喜歡私人偵探的介入，或是他們認為還有別的調查方法。這期間，福爾摩斯在住所內抽菸、空想，但大部分時間獨自去了村裡，只是沒說去那做什麼。

我們做了兩個實驗。一個是用跟莫梯墨房間那盞樣式相同的燈，裝滿莫梯墨房間用的那種燈油，記錄燈油耗盡所用的時間。這個實驗讓我對他的調查有了點頭緒。

另一實驗則極為難受，使我印象深刻。

有一天下午，福爾摩斯對我說，在已聽到的所有資訊中，他發現了唯一一個共同點，即進入案件現場給人的那種氛圍。

在第一起案件中，醫生和女管家波特太太一進屋就昏倒了，波特太太醒來後打開了窗戶。

在第二起案件中，雖然僕人已開窗，但我們進屋後還是感到異常悶，後來福爾摩斯發現僕人感到身體不適去躺著休息了。

這些資訊值得深思，我的朋友強調，這說明現場都存在有毒氣體，並且，一個現場有爐火，另一現場有燈，兩處都有火在燒著。爐子需要燒這毋庸置疑，但燈明顯沒必要點，從耗油量可以看出，天亮了還點著燈？很明顯，這幾件事必定有聯繫：點燈，令人發悶的氣體，發瘋的人和死去的人。

我們甚至可以假設這種聯繫是有用的。再假設兩個現場有某樣東西燃燒產生的一種有毒的奇特氣體。第一起案件中，那東西被放進爐子，由於窗戶緊閉，煙霧多從煙囪排出，中毒情況沒有第二起案件嚴重，可能又因女性身體比男性的更敏感，結果導致女性死亡、男性精神受刺激，這種神經錯亂無論是短暫性的還是永久性的，都必定由於毒藥引發。在第二起案件現場，室內的煙霧無法排出去，毒藥發揮了充分作用。這些都證明案情是燃燒後產生的毒氣導致的結果。

我的朋友推斷出這些結論後，就在莫梯墨的房間仔細查找可能殘存的東西。他注意到了桌上油燈的雲母罩或是防煙罩，最終在那上面看見一點灰末，還發現一圈沒燒完的褐色粉末殘留在燈的邊緣部分。那些粉末他取走了一半，裝在信封裡。其餘的留給員警去找，有能力的員警必定能在雲母罩上找到。

隨後，我們準備開始做第二個實驗。在點燈之前他建議半關著門，並把窗戶完全打開，潛在的危險必須都考慮到，否則可能白送兩條性命。

福爾摩斯相信我會一起加入他的實驗。他讓我搬把椅子靠近窗邊坐下，自己也坐在我對面的椅子上，讓彼此離毒藥的距離同等，門半關著。沒出現危險症狀之前就不打算結束實驗，他說著邊從信封裡取出那些粉末放在點燃的燈上。一切就緒，我們坐下來靜觀其變。

不一會兒工夫，一股極濃的麝香味朝我襲來，我頭暈想吐。此時我有種飄飄然的感覺，對自己的腦子和想像力已經控制不住了。雖然眼前濃煙滾滾，但內心還明白，那種看不見的黑煙已經使我的理性受到驚嚇，那黑煙裡隱藏著世界上所有恐怖至極、所有詭異而不可捉摸的邪惡東西。濃煙中似乎有幽靈在遊蕩，好像即將出現什麼東西。只見一個人影出現在門前，也不清楚那是誰的，

我的心似乎都要被炸裂。我被某種陰冷的恐怖控制住，頭髮豎起，眼球鼓起，嘴巴大張，舌頭僵硬，腦袋翻騰著，必定有東西被折斷。想喊，但那聲音好像是不屬於我自己的一陣嘶啞的喊叫。

一時，我突然想起要跑開，準備一股腦從煙霧中衝出去，我一下子看見福爾摩斯，他的面孔因恐懼而變得如死人一般蒼白、僵硬和呆板，我立刻清醒過來，說時遲那時快，我跑過去抱住他跌跌撞撞地跑出房間，一會兒即躺在了室外的草地上。霎時，彷彿陽光穿透圍住我們的恐怖濃煙，如同山間消失了的霧氣一樣，我們又恢復了原有的平靜和理智。

我們坐了起來，擦去額頭上的冷汗，憂慮地相互對望，觀察著對方身上對這次歷險所餘留的痕跡。他顫抖地說既要感謝我，也要向我致歉，即使對他自己，這個實驗也很有爭議，何況我是他的朋友，他再次對我表示歉意。我說，你知道的，能協助你我非常樂意，也是我的榮幸。此刻，我覺得自己從未這樣理解過我的朋友。

他從那種一貫對熟人表現出的半幽默半挖苦的神情中很快恢復過來，他說，讓我們快發瘋的那個野蠻實驗現在想來甚至有點多餘，我們似乎太瘋狂了。他承認自己沒有預料會出現那麼突然而強烈的效果。想起那盞燈還在燃燒，他快

速跑進房間，伸直手臂拿出它投向荊棘叢中。

此刻，我們對兩個案件的發生絲毫不再懷疑，但對案件的起因依舊模糊。事實證明，那事是莫梯墨．特雷根尼斯所為。他既是第一起案件的嫌疑犯，也是第二起案件的受害人。

特雷根尼斯一家有過衝突，而後講和，衝突與和好的程度我們並不清楚，但莫梯墨狡猾的臉和陰險的小眼給福爾摩斯的印象是，此人可能並不誠實可靠。另外，莫梯墨曾說花園裡有動靜這番話是想誤導我們，而我確實被他的話引開，從真正的起因那兒掠過。再來，第一起案件發生在他離開房間沒多久之時，那麼，只有他最有可能在走出房間時向爐火中扔藥粉。假設進行的另有其人，那麼，室內必然有人從座位上站起。最後，寧靜的康沃爾人在晚上十點後也不會外出訪客。所有這些依據都指明，莫梯墨就是第一起案件的嫌疑人。

我疑惑道：「那麼莫梯墨是死於自殺？」福爾摩斯說：「從表面來看，自殺確實說得通，他可能因為自己害死兄妹三人而自悔不已，但我已經找到推翻

這一說法的理由。在英格蘭可以找到瞭解全部情況的那個人。」

原來福爾摩斯已經約好人前來詳談，他正是列昂·斯特戴爾博士。在我和福爾摩斯說完以上情況，他正好到來。

探險家見到我們有點驚訝，一個小時前他收到了福爾摩斯的信件，但並不知叫他前來何事。

「在你離開之前就能見分曉了。」我的朋友對他說，並希望他不要介意我們在室外談話。福爾摩斯接著說，他相信我們很快就能出來一篇新文稿，而它就叫《科尼什的恐怖》。

我們找了個涼亭坐下來。「即將要討論的可能是與博士有關的事情，在這沒人可以偷聽得到。」福爾摩斯說。

博士從嘴裡取下雪茄，看著我的朋友，臉色發青，他似乎很疑惑，將要談的事情怎麼跟他緊密有關。

當聽到莫梯墨的死時，只見斯特戴爾面孔漲得通紅，怒瞪著雙眼，明顯能看到額頭上鼓起的節節青筋。他握緊了拳頭準備朝福爾摩斯揮去，忽然又停住，努力抑制住內心的衝動。他的怒氣不如直接發洩出來的好，那刻意保持的平靜很可怕。

他說自己已習慣不受法律約束，比較自由，希望福爾摩斯不要惹他。我的同伴也說，自己在已經掌握一切的情況下沒有去找員警而來找他，這也不是要害他。

同伴自信而有力的話語使得斯特戴爾屈服了，可能這是他平生頭一次向人低頭。他大口喘著氣坐了下來，頓時變得結結巴巴，雙手不安地一張一握。

他終於忍不住，請福爾摩斯快點直說。我的同伴告訴他只有以真誠才能換取真誠。他對殺害莫梯墨控告的辯護決定了福爾摩斯將採取何種行動。

斯特戴爾緊張得額頭直冒汗，可口裡仍對福爾摩斯很不屑，並反問福爾摩斯是否在虛張聲勢。

福爾摩斯此刻才開始嚴肅地陳述。他準備說幾件作為自己所得結論的依據，首先讓他懷疑的是，斯特戴爾送走大部分財物去非洲後，本人又匆匆趕回，但趕回來的理由顯然不夠充分。

而後，斯特戴爾又前來詢問誰是嫌疑人，沒有得到答案後又朝牧師家裡走去，準備問牧師，但最終又沒問。回到自己的住所後，斯特戴爾整夜不安，積極地策劃下一步行動。第二天，天剛濛濛亮，他就從房門口取了些淡紅色的小石塊出門了。

「走完一英里路，你便來到牧師家，腳上穿的正是此刻這雙網球鞋。穿過花園、籬笆，到達特雷根尼斯臥室窗下。他還沒醒，你拿石塊朝窗戶上投去，那會兒天已大亮。」

斯特戴爾異常驚訝，自己從拜訪福爾摩斯後，竟然神不知鬼不覺被他跟蹤了這麼久。

福爾摩斯繼續講述：「特雷根尼斯被吵醒，你叫他到樓下的起居室去，他快速穿好衣服下樓來，你則從窗戶進去，見面後，你在屋裡走來走去，沒多久即出門關了窗。你並沒走遠，而是在草地上邊抽菸邊觀察室內的舉動，直到莫梯墨死去方從原路折回。你準備如何澄清你的行為，這麼做又有什麼動機？希望你從實道來，否則你就需要和警方打交道了。」

亭子裡，我們三人對坐。來客的臉變得煞白，他雙手捂住臉，低頭沉思。突然，他似乎做出了決定，猛然掏出一張照片扔到我們面前的桌上。那是一張女人的半身像，面容極為美麗，她是布藍達．特雷根尼斯。

「我所做的一切都是為了她，為了布藍達。我們相愛多年，雖然我已經結婚，但妻子多年前已離開我，法律不允許我同妻子離婚，我自然也無法娶心愛的布藍達。我隱居在此就是為了她，我們等了這麼些年，卻等來這樣的結局。

牧師知道我和布藍達相愛，是他發來電報告訴我布藍達的死訊。我才暫時放下去非洲的計畫趕回。」

說到心愛的人時，客人便抽泣起來，一隻手捏著喉嚨，隨後又克制住。他隨手從口袋裡拿出一個標有Radix pedis diaboli字樣的紙包給我，字體下面標有示意有毒的紅色記號。紙包裡面是黃褐色藥粉，藥粉如同鼻菸一樣。

這種製劑原來叫「魔鬼腳根」。傳教士之所以稱之為「魔鬼腳根」，是因為那根看起來像一隻腳，一半像人的一隻腳，一半像羊的一隻腳。它被西非某些地區的巫醫密存起來，用以當做試罪判決法（命人服用毒品，如果服者不傷或不死，便算無罪）的毒物。這些我從來沒有聽說過。特雷根尼斯說，只能在布達的實驗室中見到那東西的唯一標本。此外，幾乎找不到關於它的任何記載。而他是在烏班基專區意外得到的這一標本。

「事情的確和我密切相關。我是因為布藍達才認識她的幾個兄弟，並且友好往來。有一回大家為了錢爭吵起來，莫梯墨疏遠了大家，但後來似乎又和好如初。他狡詐陰險，我曾多次懷疑過他，但都沒有正面爭吵過。」

來客繼續往下說：「兩週前的一天，他來我的住處找我。我給他看了非洲古玩，這包藥粉他也見過，我曾對他說過其奇特藥效。那些支配恐懼情感的大

腦中樞容易受它刺激。非洲某些部落祭司試罪判決法時，那些土人受迫害，要麼被嚇瘋，要麼被嚇死。我還說過，科學家們對這種藥也無法檢驗、分析。我一直都在室內，唯一的可能是，他在我彎身去翻櫥櫃裡的箱子時，悄悄拿走了一些那種藥粉。他對那種藥生效的用量、時間極為感興趣，不停地追問。只怪我當時對他沒有一點戒備之心。」

斯特戴爾直到收到牧師的電報才想起那些事。而莫梯墨以為他去了非洲後就不知道這邊的消息了。當福爾摩斯沒有給他答覆時，斯特戴爾更加相信兇手非莫梯墨莫屬，只要兄妹幾個都被嚇瘋或嚇死，他就可以繼承全部財產。

「我確信那傢夥是為了謀財而害命，是他害死了我最心愛的人。我知道，如果用法律方式解決他犯的罪，我恐怕找不到證據。或許由鄉親們組成的陪審團會相信這樣的怪事，他們也可能不會相信。可是，布藍達的仇我一定要報。你們知道，我一向很少受法律約束。莫梯墨讓別人遭遇不幸，該輪到他自己嘗嘗不幸的滋味。」

「這就是我知道的所有情況，其他的真如你所掌握的，那個令人不安的夜晚後，我趁早出去，準備了小石塊投向窗戶去叫醒莫梯墨。下樓後，他讓我從窗戶進去。我跟他說，他們三人的不幸是他所為，我是法官也是死刑執行者。

見我舉槍，那傢夥癱倒在座椅上。我在點燃的燈上灑上魔鬼腳跟，關緊窗戶，站在窗外等他死去。我手裡有槍，他逃出來也是死。五分鐘後他便沒氣了。我想到無辜的布藍達死時遭受跟那傢夥一樣的痛苦，便心如刀割。福爾摩斯先生，這一切都是事實。或許，任何男人都會為心愛的女人做這樣的事。無論你採取何種行動，我都接受你的處置。」

沉默了一會兒，福爾摩斯問斯特戴爾博士有何打算。博士說原本想下半輩子就待在非洲中部，在那還有一半工作等著他去完成，但現在那計畫恐怕要落空了。

「繼續你的下一半工作吧，我不會成為你的障礙的。」福爾摩斯說道。博士站起來點頭表示感激便離開了。我當然也支持同伴的這一舉動。他說自己如果墜入愛河，可能也會像那位探險家一樣，為心愛的人做出相同的舉動

他忽然記起要把一些較難理解的頭緒幫我理清一遍。原來，窗臺上的小石塊是他進行調查的起點。之前在牧師家的花園裡，他見過那種特殊的小石塊，而在那位博士的住所他又見過類似的小石塊，而這條明顯的線索上兩個重要環節就是天亮後燃燒著的燈和燈罩上殘留的藥粉。

之後，我們不再插手此事，福爾摩斯轉而專心研究起科尼什語。

這就是讓福爾摩斯感到最為奇特的科尼什恐怖事件，也是震驚整個英格蘭西部的重大事件。它比我們之前遇到過的任何問題都更緊張，更吸引人，更加神祕。

十三年後，我才在福爾摩斯的建議下首次公開講述這一事件。這是我參加過的他的幾次冒險事件之一。我們曾經一同遭遇過許多奇怪而有趣的經歷，只是有些事件他不願公開。他不喜歡任何誇讚，而使他感到滑稽的是，每當案件順利偵破，他便主動把破案報告交給官方，擺出笑容傾聽那套文不對題的聲聲祝賀。

case 10

雷神橋之謎

雷神橋上，著名的金礦大王吉布森先生的妻子頭部中彈死亡，在死者手中人們發現一張紙條，寫明她的死與家裡的年輕女家庭教師有密切關係，但橋欄杆上一道奇怪鑿痕則令福爾摩斯有了不同見解……

當我們接到委託的時候，悲劇已經發生：金礦巨頭奈爾・吉布森的妻子死於槍擊，案發地點就在漢普郡吉布森莊園附近的雷神橋。

案發後，各種報紙不遺餘力地報導了這件家庭慘案，吉布森先生曾是西部某州的參議員，在英國已經居住了很長時間，五年前他在漢普郡買下一個巨大的農莊。

我親密的夥伴福爾摩斯收到了吉布森先生的親筆信，具體內容我已經記不清，信的日期顯示是三天以前，大致是說，這個案件的嫌疑人鄧巴小姐是世界上最善良的女人，她是無辜的，他必須救她，等等，但他沒有透露原因。信上還提到，這位正在遭受磨難的小姐心地純善，他願意用自己的一切來為她洗脫罪名。

客觀地說，這個案件雖然轟動，但案情簡單明瞭，死者身上發現了這位小姐曾約她見面的字條，而且在這位小姐的住所還找到了疑似作案兇器的手槍。法院那裡已掌握了足夠的證據，各大報紙都充分報導了這一點。有一些報導側面介紹了其他背景。吉布森本人是世界上最有勢力的金礦巨頭之一，但同時，他暴躁和令人恐懼的程度似乎同他擁有的財富成正比。他的妻子，這位可悲的犧牲者已過壯年，所剩無幾的美貌在家中年輕優雅的女教師面前顯得更加尷尬。

事發時值夜晚，女主人被一顆子彈打穿大腦，當地警官在附近沒有發現武器，也沒有任何謀殺的線索。

我轉向正在凝神思考的福爾摩斯，「關於那位女教師，你瞭解多少，還有那把槍。」

「槍是在那女教師衣櫥的底板上發現的，槍的口徑與屍體內子彈吻合，重要的是彈夾內也缺一顆子彈。」接著他陷入沉默。

我接著他的思路繼續說：「那麼，因為這個物證能定罪嗎？」

福爾摩斯從沉默中醒轉過來，「這只是其一，別忘了死者身上還發現一個紙條，署名為女教師，內容是約死者見面。這樣連起來看，一切似乎合情合理。吉布森作為一個成功的男人，擁有龐大的財產，但他和妻子並不和睦。如果他的妻子死了，那麼誰最有可能成為他龐大財產的共有者呢？無疑，各種證據都指向那位早已受到男主人垂青的年輕女士。不僅如此，據說警方已經找到目擊者，證明案發前曾在雷神橋見到過她，而且她本人也承認了。」

我點點頭，「那麼，那座雷神橋你之前去過嗎？」

「只是聽說過，但這沒有關係，我們現在就要啟程去那裡。」

坐在顛簸的馬車上，我細細梳理著這個案件的每一個細節，不知不覺回想起當時初見吉布森先生的情景：

他在信上約定的時間準時到來，身材高大，骨瘦嶙峋，給人很強的壓迫感，冰冷的灰色眼睛閃著精明的光，即便是不認識他的人，單憑這雙眼睛也能斷定這是一個不簡單的人。「福爾摩斯先生，」他張口便說，「這個女子是無辜的，她必須得到正義的對待，我願意用任何代價，關於酬勞你可以隨便開！」

福爾摩斯冷淡地答道：「我自有標準。談談事實經過。」

他略微思索一下說：「依我看，這些天的報紙上幾乎把整件事情的經過都介紹清楚了，我對此一下子也想不到有什麼要補充的。」

他想了想又說道：「但是如果有什麼需要我本人說明的內容或協助的地方，我很願意效勞。」

福爾摩斯單刀直入問題核心：「你和鄧巴小姐究竟是什麼關係？」

金礦大王看似疲憊的身體瞬間猛然一震，從椅子上站起來。他看上去很憤怒，嘴唇微動，但很快他就緩和了下來，用儘量平靜的聲音說：「我想你有權

利問這個問題—相信你是在尋找真相。但是，我可以向你保證，我們的關係不過是一般的老師和學生家長的關係而已。」

福爾摩斯站起來，用手指輕彈袖口的灰塵，「吉布森先生，」他說，「我想我沒有時間也沒有興趣進行毫無意義的談話。這個案子已經足夠複雜，不能再加上歪曲事實這樣的困難。再見。」

那個高大的男人也站了起來，居高臨下地對著依舊優雅地抽著雪茄的福爾摩斯。他那起初暗淡無光的灰色眼睛此時閃著一團怒火，雙唇緊緊地抿著，手上的青筋也突起了，從這一切看來他是認真地憤怒著。

「你是什麼意思，你是在拒絕我的案子嗎？」他吼道。

「至少我拒絕你本人。」

「你說我說謊？」

福爾摩斯不置可否。

金礦大王憤然離去，房間豁然開朗，福爾摩斯依舊保持著那個姿勢無動於衷地安然抽菸，出神地望著天花板。

我並不去打擾他，我在細細回味這位吉布森先生剛才的表現。老實說，就吉布森先生的性格來講，他是一個為了達到目的能不顧一切掃除障礙的人，在

他與女教師的關係上充滿了讓人遐想的曖昧可能，而他的妻子正是他的障礙物，也許他和女教師的關係真如報紙上寫的那樣，是一種深度的曖昧。

再回想起之前收到的那封委託信，福爾摩斯和我都相信他對那位小姐的感情並不正常，這樣看來剛才他那不動聲色的自制之態就顯得很奇怪，他是動了感情的，而且是為了那個作為殺妻嫌疑人的女人。要瞭解真相，非得弄明白三個人的關係。

我把我的想法告訴福爾摩斯，他也表示認同。

又坐了一會兒，我忍不住問道：「他會回來吧？」

「一定回來。聽！他的腳步聲。吉布森先生，請坐。」

金礦大王回來時的神色安靜多了。「我想通了，福爾摩斯先生，你有理由瞭解真相，但我發誓，她跟這件案子並沒有關係。我相信每個人在自己心靈深處都會有保留，有不願別人瞭解的部分，而你突然衝進去，猶如在一個習慣黑暗的屋子裡突然拉開窗簾，一瞬間刺眼的陽光會惹怒所有在黑暗中的人們，當然你的目的是好的，可以原諒你。好吧，你想問什麼？」

「我只要知道你所感受到的事實。」

金礦大王冷酷的臉變得更加陰鬱了，他又一次陷入沉默。

那是一段漫長的回憶，他彷彿回到了過去的生活，向我們描述著這些年的種種家庭細節，我們一直安靜地聽著，沒有打斷他，一直到夕陽西下。

據他描述，他的妻子名叫瑪麗亞．品脫，是亞馬遜平原上一個馬諾斯官員的女兒，他們在那裡相遇。品脫是個美麗熱情的女人，這個熱情奔放、敢愛敢恨、能燃燒一切的熱帶女孩完全不同於他之前所接觸的美國女孩，那時的吉布森也是一個熱烈英俊的青年，於是愛情悄然產生並瘋狂滋長。他們很順利地結了婚，但是幸福並不長久，幾年後，他們的愛情冷卻下來──這位事業不斷擴張且有抱負的青年開始意識到他和妻子完全生活在兩個世界裡。

他開始冷淡她，試圖破壞她對自己單方面的狂熱，但他並不成功，從熱情奔放的亞馬遜平原到安靜幽深的英國森林，她對他的崇拜一如既往。在他對家庭生活即將絕望的時候，鄧巴小姐來到莊園，很自然的，美麗優雅的年輕女子順理成章地填補了男主人空洞的精神生活，長期孤獨的心靈不可抑制地對她產生了某種強烈的依賴。

「我的事業充滿了鮮血和壓榨，我從來不是什麼高尚的人。我想到什麼就會去做，我想永遠留下這個女人，佔有她，和她在一起。於是我告訴她，如果可以選擇，我一定會娶她，實際上這有困難，所以我想盡我所能讓她快樂起來。感謝上帝，我沒有得到我想要的。她徹底拒絕了我，想要辭職離開。」

「事實是她一直在這裡，直到事發。」

「她還有弟弟妹妹要供養，而且我發誓絕不再騷擾她。」

福爾摩斯的眉毛微提，顯然認為這個理由太過牽強。「這個理由並不充分。」他說道。

金礦大王看了福爾摩斯一眼，艱難地說：「還有一個理由。她知道我對她的重視，超過我生命中的其他一切。她希望能對我產生向善的影響。」他頓了一下，繼續道「她知道一些我的事業。福爾摩斯先生，非常龐大的事業，涉及很多的人，在那裡我擁有至高無上的權力，而一般我總是做一些不好的事，你知道的，企業鬥爭是很殘酷的，願賭服輸，我從不憐憫失敗者。但她不同，她深信一個人的額外財富不應該以更多人的破產饑餓為代價，她認為對我施加向善的影響可以為公眾做點好事。我想她是對的，於是她留下來，後來就發生了這件事。」

「對於這件事你怎麼看，你妻子是什麼樣的人？」

「剛一出事的時候，我太吃驚了，我腦子裡只有一種想法。坦白說，我妻子是一個極端的女人，有著狂熱的愛，也有著狂熱的恨。她瘋狂地嫉妒我和鄧巴小姐的關係，儘管她知道我們是清白的，我們只有心靈上的相互影響──但她就是嫉妒這種精神上的影響力，這比對肉體關係的嫉妒可怕一萬倍。真的，如果你看著她的眼睛，你也會膽寒的，那是一種來自靈魂深處、能夠燃燒一切的毀滅欲望。我想她狂熱的性格可能企圖謀殺或威脅鄧巴小姐──然後發生扭打，槍走了火，以致發生這樣的事，但鄧巴小姐完全否認發生過這種情況。」

「這不是沒有可能，這種可能我早已想過，」福爾摩斯說，「這是唯一可以代替蓄意謀殺的解釋。同時，否認也並不能證明什麼，當槍被查出來的時候，一口否定不失為最簡單的應對之法，因為這樣的情況無論如何也是解釋不清的。」

「如果你見到鄧巴小姐本人，我相信你會明白我所說的話。」

「希望是這樣。」

兩個小時後，我們來到了位於漢普郡的奈爾・吉布森先生的莊園。

吉布森先生當時並不在莊園內，接待我們的是當地負責案件的薩金特・科

文特里警官，出於對案件毫無頭緒，又同時擔心出現其他傑出同行偵破案件而威脅到自己地位的雙重壓力，他對我們的到來由衷地表示開心，他皮膚蒼白，神態詭祕，講起話來總給人彷彿事關重大的感覺，但他還是給我們帶來有價值的資訊。

據他描述，鄧巴小姐是一位極好的女人，受到莊園裡大多數人發自真心的喜愛，作為員警的直覺，他一直懷疑吉布森是為了能夠儘快得到這位美麗的小姐而親自動手剷除障礙。而且事後發現的手槍被確認是吉布森先生本人擁有，科文特里警官找到了那個裝手槍的匣子。但是，很明顯，那匣子裝的是一對手槍，其中的一支卻不翼而飛，這值得我們深思。

這位忠誠的警官對吉布森先生的懷疑是完全合理的，只是福爾摩斯並不傾向於這種觀點，他的感覺一向很準確，雖然我們還沒有任何更確切的證據。

接下來，我們有三件事要做，首先，去現場查探，之後還要去看看科文特里警官說的那個裝滿武器的地方，最後也是最重要的一點是我們要去會見傳聞中純善又高尚的鄧巴小姐。

◇

出了莊園不久，我們就到了一個通往雷神湖的籬笆門。一座古樸的石橋架在湖上，警官在橋頭停下說這就是吉布森太太屍體被發現的地點。

「你到現場的時候，吉布森先生也在嗎？是誰通知你出事的？」

「通知我的是吉布森先生本人，當時他和大家一起從宅子裡跑下來，是他堅持在員警到達之前保護現場。」

福爾摩斯點點頭：「據說子彈是在身體旁邊發出的，離太陽穴很近？」

「就在太陽穴旁邊。現場沒有掙扎的痕跡，也沒有武器。死者左手裡握著鄧巴小姐給她的便條。我們當時很難弄開她的手指。」

「這樣看來，完全排除了之後有人放便條嫁禍的可能性。便條上寫了什麼還記得嗎？」

「我將於九時到雷神橋。格·鄧巴。對此鄧巴小姐已經承認是她寫的，除此以外她什麼也不說。」

我們都認為這個便條的用意非常奇特。如果便條真是她寫的，那麼死者用手握著便條是什麼意思呢？她為什麼如此急切地讓我們發現呢？而且照理便條

應該在約見之前就收到，握在手裡—難道她在會見中需要隨時看嗎？這很奇怪。

我親密的夥伴緩緩坐在旁邊的石欄杆上，橋下，池水靜靜地流淌著。

突然，坐在我身邊的福爾摩斯一個箭步，跑到對面欄杆跟前，仔細端詳一塊石頭。

這是一塊灰色的石頭，上有一個白色的缺口。福爾摩斯用手杖使勁敲了石欄幾下，沒有任何痕跡，那缺口果然是猛烈撞擊的結果，只是出現在欄杆下方顯得很奇怪。

福爾摩斯仔細檢查著橋上每一塊石頭，它們硬如鐵板，很難留下痕跡。

福爾摩斯招呼我說：「現在我們去看看那些武器，今晚我們還得趕到溫徹斯特去，我想儘快見見那位鄧巴小姐。」

我們回到了莊園，正在考慮應該找誰帶我們去看那些武器的時候，我們又看見了他—貝茨先生，那個緊繃又神經質的人，他總是額頭青筋暴起，眼神驚恐，似乎總是處在神經崩潰的邊緣。

這並不是我們第一次見到他，老實講，他是我們見到的第一個跟案件有關的人，甚至在見到吉布森先生之前。

當時，我們正在貝克街的房子裡等待著那位金礦大王的到訪，這時他出現

了，距離我們約見吉布森先生的時間還有二十分鐘。

「我叫貝茨，」來訪者說，「吉布森先生是我的雇主，我是農莊的經理。他是一個惡霸。」

「請注意你的措辭，貝茨先生。」

「我馬上會離開莊園。他是一個沒有感情的人，他的妻子就是犧牲品。吉布森先生的太太是熱帶人，充滿激情，她就是以這種熱情愛他的。她曾經非常迷人，當她身上的魅力退去之後，他開始厭惡她。你們要小心，吉布森先生十分狡猾。」

一聽到吉布森先生到訪的聲音，這類毫無頭緒的對話戛然而止。在貝茨倉皇離去之際，他不止一遍要求我們為他保密。接下來各種複雜問題很快讓我們忘記了這個奇怪的小插曲，直到現在見到他。

這次他來帶我們去武器庫，我們跟隨他一路來到那個裝滿武器的房子，見到了房子主人一生因為冒險而累積的最豐富的成果。貝茨給我們看了那些各式各樣排列的武器，告訴我們，吉布森總會隨身帶把手槍以備不測，甚至，他的床頭也總是放著一支上膛的手槍。貝茨一直試圖讓我們懷疑吉布森就是這次慘案的真凶。

「他對她動過手嗎?」福爾摩斯隨口問道。

「我沒有親眼見過,但我聽到過他不留情面地侮辱她,甚至當著我們的面。」

我們離開了武器庫,一切似乎更迷茫了,除了那支手槍和紙條直接指向鄧巴小姐之外,似乎大家都在懷疑吉布森先生,我把這一想法告訴福爾摩斯。

他並沒有直接回答我的問題,他顯然有他自己的想法,「不,她衣櫥裡的手槍是對她唯一有利的證據。我第一次看到這點的時候就感到古怪,現在我更加覺得這是唯一自相矛盾的地方。如果你是一個女人,你試圖除掉你的情敵,當然你並不想自己為她償命,你會怎麼辦?寫信約對方見面,然後舉槍射殺,一切都順理成章,但是你會在這一系列乾脆俐落的行動完成後留下如此明顯的證據嗎?你不覺得把手槍扔進橋下河水中讓它順水漂走更省事也更安全嗎?小心翼翼地帶槍回家去放進自己的衣櫥裡,這很讓人費解。既然犯罪是事先計畫好的,那我們有理由相信銷贓也必是事先策劃好的。」

「照你的觀點,我們現在面臨一個巨大的錯覺,指向鄧巴小姐的證據如此明顯,或者說淺顯,這裡面一定有問題,但你的觀點本身還有大量的疑問。」

「不錯,拿手槍來說,鄧巴小姐說她根本不知道。按照我們之前的假設,

這些都是實話。」

我跟著他的思路，「手槍是被放到她衣櫥裡的，而這個人一定是那個栽贓給她的人，也就是犯罪的人。」

我們相視而笑，「這可是一條大有希望的線索，只是有很多細節還需要鄧巴小姐本人來告訴我們。」

對話結束的時候，太陽已經完全沒有了光亮，案子的思路似乎清晰了一些。我們立即雇車前往溫徹斯特去見那位傳聞中的鄧巴小姐。由於官方的手續還在辦理當中，當晚我們不得不在溫徹斯特過夜。

坐在車裡的時候，我們都被即將揭露的真相困擾著，無心留戀窗外醉人的田園風光，我們再次談起對這個案件的一些新思路。

客觀地講，到目前為止，我們得到了不少新的事實，雖然不足以下結論，但對於吉布森先生的懷疑基本可以排除，這要感謝我們見到的那位貝茨先生。儘管他一再明確地表達了對東家的不滿和懷疑，但他提供的資訊讓我們發現了吉布森不在場的證據：槍殺發生在便條上約定見面的時間，也就是晚上九點以後，那段時間男主人無疑是在書房裡度過的，沒有證據指明他在那段時間曾到過戶外。同一時刻，鄧巴小姐承認曾和吉布森太太在橋邊見面，除此以外她保

持沉默。也許只有見到她才能解開疑惑。

◇

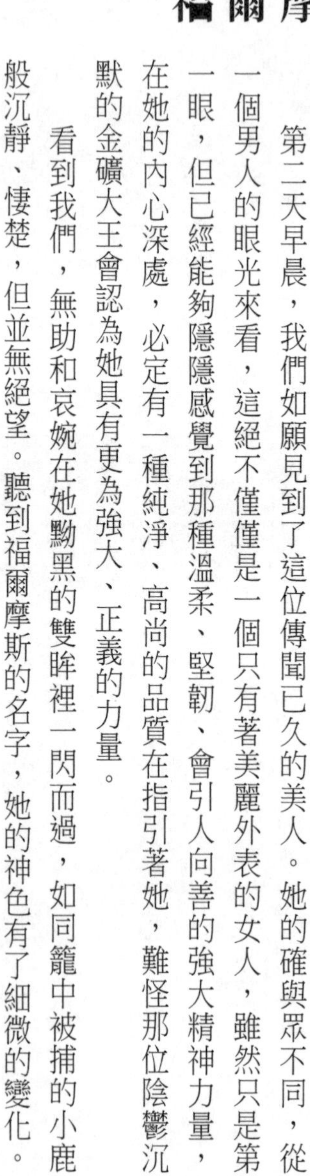

第二天早晨，我們如願見到了這位傳聞已久的美人。她的確與眾不同，從一個男人的眼光來看，這絕不僅僅是一個只有著美麗外表的女人，雖然只是第一眼，但已經能夠隱隱感覺到那種溫柔、堅韌、會引人向善的強大精神力量，在她的內心深處，必定有一種純淨、高尚的品質在指引著她，難怪那位陰鬱沉默的金礦大王會認為她具有更為強大、正義的力量。

看到我們，無助和哀婉在她黝黑的雙眸裡一閃而過，如同籠中被捕的小鹿般沉靜、悽楚，但並無絕望。聽到福爾摩斯的名字，她的神色有了細微的變化。坦率地講，見到她之後，儘管還沒有語言上的溝通，但我已經相信了吉布森先生說的話，包括她和吉布森先生的純潔關係，以及那個當時讓她繼續留在莊園，但外人聽起來覺得不可思議的理由。

對於她在法庭上的沉默，我們依舊不能理解。

「之前我一直認為這個指控是荒唐的，我相信警方一定能夠儘快找出真凶，

到那時一切都會水落石出。而且我並不認為我在莊園的工作跟這件事有什麼重要聯繫，我的直覺認為這是一種巧合，直到後來事情越拖越久，我才意識到我和吉布森先生似乎已被人們誤解，我的嫌疑反而加重了。」

聽到這裡，我想這位高尚美麗的女人，她的內心世界一定充滿溫暖、美好和善良，她完全不知道自己面對的情況有多麼不利。

「鄧巴小姐，」福爾摩斯盡力讓自己冷靜地說道，「對於目前的情況，最好不要抱什麼不切實際的幻想，用你最大的誠意幫我弄清真相。請你描述一下你眼中的吉布森太太。」

「她是一個界限明確的人，她對我的恨和對丈夫的愛是成正比的，甚至比那份愛更強烈。她不瞭解那種男女之間在理智和精神上純粹的相互影響和依賴，我相信那是她從未體驗過的，我認為她對丈夫的愛是建立在肉體意義上的。她完全不能理解我留下的原因，現在看來我也覺得當時的理由很幼稚，對於今天的一切，不能說跟我完全沒有關係，但是我已經不能改變什麼了。」

「鄧巴小姐，」福爾摩斯說，「請你確切告訴我那天事件的經過。」

出乎我們的意料，事件的開始居然是吉布森太太約鄧巴小姐見面。

當天上午，家庭教師收到女主人的一張紙條。紙條放在孩子們上課的屋內

的桌子上，內容是要求女教師在晚飯後去橋頭等候，有重要的事與她商量。雖然女教師對這件事沒有任何頭緒，但她還是按照吉布森太太的要求回了信，又按照要求將回信放在花園日晷上，那是一個相當隱蔽的位置。

後來，吉布森太太要求女教師燒了她之前的紙條，女教師照做了。她猜想那是因為吉布森太太不想讓別人知道她們的會面，特別是不想讓丈夫知道。

我感覺到自己正在緩緩地接近那個謎團的中央，那個鄧巴小姐不能解釋也沒有辦法解釋的真相。

到了晚上九點，女教師準時到達雷神橋，那時吉布森太太已經等在那裡了。吉布森太太心裡對鄧巴小姐的恨已經深入骨髓，平日一直泰然處之拼命壓抑的強烈感情在一剎那傾瀉而出，她又變成了那個狂熱的巴西女人，她用一切能夠想到的可怕、惡毒的語言詛咒女教師。震驚的女教師心中既痛苦又充滿悲憫，她轉身就向莊園跑去，一直待到事發，但她沒有聽到槍聲。

「你離開她的時候，她就站在後來被發現的地方嗎？」

「在那幾米之內。」

「後來屍體被發現，很多人一起出來的時候，你見到吉布森先生了？他是否被震驚？」

「他先於我知道情況，我看見他的時候他正從橋頭回來。他一直是個喜怒不形於色的人，擁有強大的自制力，但即便如此，我也能感覺到他的感情受到極大震動，他的眼神表明他並不相信所發生的事情。」

鄧巴小姐的陳述再次從側面印證了我們對吉布森先生的推斷，但鄧巴小姐的嫌疑仍舊沒有洗脫，還有那個令人費解的壓在衣櫥底板上的手槍。

「我發誓我從沒看見過那個手槍，直到員警檢查的時候。我記得很清楚，前一天我還仔細整理過衣櫃，那時它絕對不在那裡。」

「這就是說，一定有人曾進入你的房間，把槍放在那裡，為的是栽贓。但在什麼時間，那天你都去過哪些地方？」

「上午的時候我在教室給孩子們上課，中午在廚房附近的餐廳吃飯，然後下午一直都在我自己的房間裡，如果有人曾到過我的房間，那只能是在吃飯時間，要不然就是當我在教室給孩子上課的時候。」

對於我們在事發地點發現的石欄杆上的硬物猛擊的痕跡，鄧巴小姐沒有絲毫印象，她認為那是巧合。我的朋友絕不會輕易放過這一點，為什麼偏偏在出事的時間，出事的地點出現那樣奇怪的痕跡？

福爾摩斯陷入沉思，眉頭忽而舒展忽而緊促，臉色蒼白但神情專注，表情

緊張而迷惘，他的眼睛忽而盯著一個地方很久，忽而又緩緩地眨動旋轉，我知道他那天才般的靈感就要來了。

突然，他猛然站起身來，快步走到鄧巴小姐和她的辯護律師卡明斯先生面前。「現在不必擔心了，鄧巴小姐，你和卡明斯先生可以放心了。我現在需要馬上回到莊園，最遲明天就會有消息。」

從溫徹斯特回到雷神湖的路上，我們都極度興奮，我問他是否完全排除了對吉布森先生和鄧巴小姐的懷疑。他說感覺很重要，有時也很準確，但所有的事實都必須有真實的證據去證實，只有這樣才算是發現了真相。火車快到站的時候，他坐到了我的面前。

「華生，」他說，「我記得你每次同我外出辦案都會帶武器，這次也不例外吧？」

「當然，你忘了那次在貝克街對面的吉賽羅旅館我們遇到的事了嗎，每當你全力思考問題的時候，就是你最沒有防禦能力的時候，因為你完全沉浸在自己的思想世界中，根本不顧外界情況，所以有好幾次我的手槍都救了急。我理所當然地認為帶武器是有好處的，這次也不例外。」

我從褲袋裡把槍取出來遞給他。他接過槍，放在手裡掂量一下，仔細觀看。

這次雷神湖之行十分倉促，一直不曾回去貝克街，我身上還是平日裡帶的小型器械，它短小、靈便，非常得手。

他拿著槍想了一會兒才緩緩開口說：「我相信你這支槍會幫我們揭開真相，相信我，馬上就水落石出。」

我想我的眼神已經清楚地表達了我的疑問：你是在開玩笑嗎？

多年的默契使我們充分熟悉彼此的肢體語言，他完全瞭解我的疑惑，「我說的是真話，只是咱們要用這支手槍來做一個實驗。如果實驗成功，真相就大白了。相信我，揭開謎底全靠這支小槍的表現了。」

說完他打開彈夾，取出一枚子彈，又把其餘的裝好，扣上保險，我被他這一系列動作完全弄糊塗了。我能確定的只是，這並不是槍擊實驗，除此以外我一點也不知道他腦子裡想的是什麼。他沒有解釋，這也是我們之間的默契，他不說，我不會問，這時候我會是他最得力的助手。

離漢普郡還有半小時的路程，他沒有再說話，而只是出神地坐在那裡，到站後，我們沒有休息，雇了一輛馬車直接奔向莊園。二十分鐘後，我們就見到了那位科文特里警官，他急切希望破案，給予我們正直無私的幫助。

福爾摩斯向他簡單表述了要進行偵查實驗的想法，警官說他會全力配合。

實際上，只要同破案有關，他都會全力以赴。

在福爾摩斯的指揮下，他很快忙了起來。

我在一邊靜靜觀察。

顯然那把小手槍是這次偵查實驗的核心，圍繞它，他們又買來一些其他道具，比如一根十碼長的很結實的細繩。看得出，這位警官帶著極大的耐心做了這些事，他不時流露出懷疑的眼神。對福爾摩斯現在的激動和亢奮，他的表現算是比較克制的，即使是我—和他共同工作這麼久的親密夥伴，偶爾也會被他的行為及情緒弄得一頭霧水，更何況是這位剛剛相識的警官。

帶著這些東西和滿腹的疑問，傍晚，我們再次來到雷神湖。我能真切地感覺到，身邊的這位神探雖然貌似鎮靜，實則內心非常激動。

「在溫徹斯特鄧巴小姐的監房內，這個大膽的想法一閃而過，我簡直能夠確信那就是我們一直尋找的真相，但我還是不能百分百地肯定，你知道，我不是沒有過失敗的經歷，現在，讓我們揭開謎底吧。」

他拿出那根繩子，對著即將沉落的夕陽，把繩子的一端繫在手槍柄上，並打了死結。

隨後，他讓我去找一塊巨大的足夠重的石頭。在灌木叢裡，我抱起一塊足

有一英尺長的鵝卵石，福爾摩斯把繩子的另一端緊緊地綁在了石頭上，並讓警官非常仔細地畫出屍體倒地後的痕跡。

我真的不知道他到底要做什麼，只見他再把石頭放在石欄外，繩子越過石欄，石頭在繩子的牽引下下垂，吊在水面之上。他一手拿著手槍，一手用力牽著繩子，然後站在出事地點，放開那只牽著繩子的手，槍與石頭之間的繩子已經繃直。突然，一個畫面從我腦中閃過，我隱隱知道他要做什麼，凹槽！那個凹槽！我為這即將開啟的真相震驚不已，我也開始緊張起來，既期待又興奮，福爾摩斯已經開始倒數：

「三、二、一開始！」

他已經把手槍舉到頭部，緊接著手一鬆。手槍順著繩子的方向飛快地奔向石欄，啪的一聲撞在石欄上，然後瞬間就越過石欄沉入水中。

福爾摩斯一個箭步跑過去跪在石欄旁，我也趕忙跑過去，我們歡呼起來。

「這就是真相，」他喊道，「警官，手槍實驗真的解決了全部問題！」順著他手指的方向，赫然出現兩塊鑿痕，幾乎分不清原先那塊。

福爾摩斯對還在震驚中的警官說：「這下你可以輕鬆了，現在你要做的是找一具打撈繩鉤，先將我朋友的手槍撈上來，在那附近應該很容易發現那只作

案手槍，它與鄧巴小姐衣櫃裡的手槍同屬一對。順著手槍的繩子你還可以找到那塊石頭，或者其他什麼跟石頭同樣作用的替代物。」

真相已經大白，吉布森先生得知結果後已經著手去辦理釋放鄧巴小姐事宜。我和福爾摩斯又坐上了回貝克街的馬車，回想起整個過程，我們不得不承認這個不幸女人有著很深沉、精細的思維，她順理成章地從鄧巴小姐那兒弄到一張紙條，使自己看起來似乎陷於約會的被動，只是她太急於讓人發現便條，到死手裡還拿著便條，單這一點就足以引起我朋友的懷疑。同時她也讓我們心生憐憫，為了摧毀自己的情敵，她竟不惜以自己的生命為誘餌，我相信那是她極端絕望之後的選擇。

謎 09

神探福爾摩斯 I

作者 阿瑟・柯南・道爾
編譯者 周儀文
出版者 大拓文化事業有限公司
執行編輯 賴美君
封面設計 林鈺恆
內文排版 姚恩涵

總經銷 永續圖書有限公司
劃撥帳號 18669219
地址 22103 新北市汐止區大同路三段一九十四號九樓之一
TEL (〇二)八六四七—三六六三
FAX (〇二)八六四七—三六六〇
E-mail yungjiuh@ms45.hinet.net
網址 www.foreverbooks.com.tw

法律顧問 方圓法律事務所 涂成樞律師

出版日◇二〇二二年三月

國家圖書館出版品預行編目資料

神探福爾摩斯. I / 阿瑟.柯南.道爾著；周儀文編譯.
-- 二版. -- 新北市：大拓文化事業有限公司, 民111.03
面； 公分. -- (謎；9)
ISBN 978-986-411-157-2(平裝)

873.57 110022788